MÉTAPHYSIQUE DES TUBES

Amélie Nothomb reste très profondément marquée par l'Extrême-Orient où elle est née et a passé son enfance – la Chine et le Japon, en particulier.

« *Graphomane* », comme elle se définit elle-même, elle écrit depuis toujours et connaît un grand succès. *Hygiène de l'assassin* fut la révélation de la rentrée 1992. En 1993, elle publie *Le Sabotage amoureux*, en 1994 *Les Combustibles*, en 1995 *Les Catilinaires*, en 1996 *Péplum*, en 1997 *Attentat*, en 1998 *Mercure*, en 1999 *Stupeur et tremblements* (Grand Prix de l'Académie française), en 2001, *Cosmétique de l'ennemi*.

Paru dans Le Livre de Poche :

AMÉLIE NOTHOMB

Métaphysique des tubes

ROMAN

ALBIN MICHEL

Au commencement il n'y avait rien. Et ce rien n'était ni vide ni vague : il n'appelait rien d'autre que lui-même. Et Dieu vit que cela était bon. Pour rien au monde il n'eût créé quoi que ce fût. Le rien faisait mieux que lui convenir : il le comblait.

Dieu avait les yeux perpétuellement ouverts et fixes. S'ils avaient été fermés, cela n'eût rien changé. Il n'y avait rien à voir et Dieu ne regardait rien. Il était plein et dense comme un œuf dur, dont il avait aussi la rondeur et l'immobilité.

Dieu était l'absolue satisfaction. Il ne voulait rien, n'attendait rien, ne percevait rien, ne refusait rien et ne s'intéressait à rien. La vie était à ce point plénitude qu'elle n'était pas la vie. Dieu ne vivait pas, il existait.

Son existence n'avait pas eu pour lui de début perceptible. Certains grands livres ont des premières phrases si peu tapageuses qu'on les oublie aussitôt et qu'on a l'impression d'être installé dans cette lecture depuis l'aube des temps. Semblablement, il était impossible de remarquer le moment où Dieu avait commencé à exister. C'était comme s'il avait existé depuis toujours.

Dieu n'avait pas de langage et il n'avait donc pas de pensée. Il était satiété et éternité. Et tout ceci prouvait au plus haut point que Dieu était Dieu. Et cette évidence n'avait aucune importance, car Dieu se fichait éperdument d'être Dieu.

Les yeux des êtres vivants possèdent la plus étonnante des propriétés : le regard. Il n'y a pas plus singulier. On ne dit pas des oreilles des créatures qu'elles ont un « écoutard », ni de leurs narines qu'elles ont un « sentard » ou un « reniflard ».

Qu'est-ce que le regard ? C'est inexprimable. Aucun mot ne peut approcher son essence étrange. Et pourtant, le regard existe. Il y a même peu de réalités qui existent à ce point.

Quelle est la différence entre les yeux qui ont un regard et les yeux qui n'en ont pas ? Cette différence a un nom : c'est la vie. La vie commence là où commence le regard.

Dieu n'avait pas de regard.

Les seules occupations de Dieu étaient la déglutition, la digestion et, conséquence directe, l'excrétion. Ces activités végétatives passaient par le corps de Dieu sans qu'il s'en aperçoive. La nourriture, toujours la même, n'était pas assez excitante pour qu'il la remarque. Le statut de la boisson n'était pas différent. Dieu ouvrait tous les orifices nécessaires pour que les aliments solides et liquides le traversent.

C'est pourquoi, à ce stade de son développement, nous appellerons Dieu le tube.

Il y a une métaphysique des tubes. Slawomir Mrozek a écrit sur les tuyaux des propos dont on ne sait s'ils sont confondants de profondeur ou superbement désopilants. Peut-être sont-ils tout cela à la fois : les tubes sont de singuliers mélanges de plein et de vide, de la matière creuse, une membrane d'existence protégeant un faisceau d'inexistence. Le tuyau est la version flexible du tube : cette mollesse ne le rend pas moins énigmatique.

Dieu avait la souplesse du tuyau mais demeurait rigide et inerte, confirmant ainsi sa nature de tube. Il connaissait la sérénité absolue du cylindre. Il filtrait l'univers et ne retenait rien.

Les parents du tube étaient inquiets. Ils convoquèrent des médecins pour qu'ils se penchent sur le cas de ce segment de matière qui ne semblait pas vivre.

Les docteurs le manipulèrent, lui donnèrent des tapes sur certaines articulations pour voir s'il avait des mécanismes réflexes et constatèrent qu'il n'en avait pas. Les yeux du tube ne cillèrent pas quand les praticiens les examinèrent avec une lampe.

— Cet enfant ne pleure jamais, ne bouge jamais. Aucun son ne sort de sa bouche, dirent les parents.

Les médecins diagnostiquèrent une « apathie pathologique », sans se rendre compte qu'il y avait là une contradiction dans les termes :

— Votre enfant est un légume. C'est très préoccupant.

Les parents furent soulagés par ce qu'ils prirent pour une bonne nouvelle. Un légume, c'était de la vie.

— Il faut l'hospitaliser, décrétèrent les docteurs.

Les parents ignorèrent cette injonction. Ils avaient déjà deux enfants qui appartenaient à la race humaine : ils ne trouvaient pas inacceptable d'avoir, en surplus, de la progéniture végétale. Ils en étaient même presque attendris.

Ils l'appelèrent gentiment « la Plante ».

En quoi tous se trompaient. Car les plantes, légumes compris, pour avoir une vie imperceptible à l'œil humain, n'en ont pas moins une vie. Elles frémissent à l'approche de l'orage, pleurent d'allégresse au lever du jour, se blindent de mépris lorsqu'on les agresse et se livrent à la danse des sept voiles quand la saison est aux pollens. Elles ont un regard, c'est hors de doute, même si personne ne sait où sont leurs pupilles.

Le tube, lui, était passivité pure et simple. Rien ne l'affectait, ni les changements du climat, ni la tombée de la nuit, ni les cent petites émeutes du quotidien, ni les grands mystères indicibles du silence.

Les tremblements de terre hebdomadaires du Kansai, qui faisaient pleurer d'angoisse ses deux aînés, n'avaient aucune emprise sur lui. L'échelle de Richter, c'était bon pour les autres. Un soir, un séisme de 5,6 ébranla la montagne où trônait la maison ; des plaques de plafond s'effondrèrent sur le berceau du tube. Quand on le dégagea, il était l'indifférence même : ses yeux fixaient sans les voir ces manants venus le déranger sous les décombres où il était bien au chaud.

Les parents s'amusaient du flegme de leur Plante et décidèrent de la mettre à l'épreuve. Ils cesseraient de lui donner à boire et à manger jusqu'à ce qu'elle réclame : ainsi, elle finirait bien par être forcée de réagir.

Tels furent pris qui crurent prendre : le tube accepta l'inanition comme il acceptait tout, sans l'ombre d'une désapprobation ou d'un assentiment. Manger ou ne pas manger, boire ou ne pas boire, cela lui était égal : être ou ne pas être, telle n'était pas sa question.

Au terme du troisième jour, les parents effarés l'examinèrent : il avait un peu maigri et ses lèvres entrouvertes étaient desséchées, mais il n'avait pas l'air de se porter plus mal. Ils lui administrèrent un biberon d'eau sucrée qu'il engloutit sans passion.

— Cet enfant se serait laissé mourir sans se plaindre, dit la mère horrifiée.

— N'en parlons pas aux médecins, dit le père. Ils nous trouveraient sadiques.

De fait, les parents n'étaient pas sadiques : simplement épouvantés de constater que leur rejeton était dépourvu d'instinct de survie. Les effleura l'idée que leur bébé n'était pas une plante mais un tube : ils rejetèrent aussitôt cette pensée insoutenable.

Il était dans la nature des parents d'être insouciants et ils oublièrent l'épisode du jeûne. Ils avaient trois enfants : un garçon, une fille et un légume. Cette diversité leur plaisait d'autant plus que les deux aînés ne cessaient de courir, de sauter, de crier, de se disputer et d'inventer de nouvelles bêtises : il fallait toujours être derrière eux pour les surveiller.

Avec leur dernier, au moins, ils n'avaient pas ce genre de souci. On pouvait le laisser des journées entières sans baby-sitter : on le retrouvait le soir dans une position identique au matin. On changeait son lange, on le nourrissait, c'était fini. Un poisson rouge dans un aquarium leur eût donné plus de tracas.

En outre, n'était son absence de regard, le tube était d'apparence normale : c'était un beau bébé calme qu'on pouvait montrer aux invités sans rougir. Les autres parents étaient même jaloux.

En vérité, Dieu était l'incarnation de la force d'inertie — la plus forte des forces. La plus paradoxale des forces, aussi : quoi de plus bizarre que cet implacable pouvoir qui émane de ce qui ne bouge pas ? La force d'inertie, c'est la puissance du larvaire. Quand un peuple refuse un progrès facile à mettre en œuvre, quand un véhicule poussé par dix hommes reste sur place, quand un enfant s'avachit devant la télévision pendant des heures, quand une idée dont on a prouvé l'inanité continue à nuire, on découvre, médusé, l'effroyable emprise de l'immobile.

Tel était le pouvoir du tube.

Il ne pleurait jamais. Même au moment de sa naissance, il n'avait émis aucune plainte ni aucun son. Sans doute ne trouvait-il le monde ni bouleversant ni touchant.

Au commencement, la mère avait essayé de lui donner le sein. Aucune lueur ne s'était éveillée dans l'œil du bébé à la vue de la mamelle nourricière : il resta nez à nez avec cette dernière sans en rien faire. Vexée, la mère lui glissa le téton dans la bouche. Ce fut à peine si Dieu le suça. La mère décida alors de ne pas l'allaiter.

Elle avait raison : le biberon correspondait mieux à sa nature de tube, qui se reconnaissait dans ce récipient cylindrique, quand la rotondité mammaire ne lui inspirait aucun lien de parenté.

Ainsi, la mère le biberonnait plusieurs fois par jour, sans savoir qu'elle assurait de la sorte la connexion entre deux tubes. L'alimentation divine relevait de la plomberie.

« Tout coule », « tout est mouvance », « on ne se baigne jamais deux fois dans le même fleuve », etc. Le pauvre Héraclite se fût suicidé s'il avait rencontré Dieu, qui était la négation de sa vision fluide de l'univers. Si le tube avait possédé une forme de langage, il eût rétorqué au penseur d'Ephèse : « Tout se fige », « tout est inertie », « on se baigne toujours dans le même marécage », etc.

Heureusement, aucune forme de langage n'est possible sans l'idée du mouvement, qui en est l'un des moteurs initiaux. Et aucune espèce de pensée n'est possible sans langage. Les concepts philosophiques de Dieu n'étaient donc ni pensables ni communicables : ils ne pouvaient par conséquent nuire à personne et cela était bon, car de tels principes eussent sapé le moral de l'humanité pour longtemps.

Les parents du tube étaient de nationalité

belge. Par conséquent, Dieu était belge, ce qui expliquait pas mal de désastres depuis l'aube des temps. Il n'y a là rien d'étonnant : Adam et Eve parlaient flamand, comme le prouva scientifiquement un prêtre du plat pays, il y a quelques siècles.

Le tube avait trouvé une solution ingénieuse aux querelles linguistiques nationales : il ne parlait pas, il n'avait jamais rien dit, il n'avait même jamais produit le moindre son.

Ce n'était pas tant son mutisme qui inquiétait ses parents que son immobilité. Il atteignit l'âge d'un an sans avoir esquissé son premier mouvement. Les autres bébés faisaient leurs premiers pas, leurs premiers sourires, leurs premiers quelque chose. Dieu, lui, ne cessait d'effectuer son premier rien du tout.

C'était d'autant plus étrange qu'il grandissait. Sa croissance était d'une normalité absolue. C'était le cerveau qui ne suivait pas. Les parents le considéraient avec perplexité : il y avait dans leur maison un néant qui prenait de plus en plus de place.

Bientôt, le berceau devint trop petit. Il fallut transplanter le tube dans le lit-cage qui avait déjà servi au frère et à la sœur.

— Ce changement va peut-être l'éveiller, espéra la mère.

Ce changement ne changea rien.

Depuis le commencement de l'univers, Dieu dormait dans la chambre de ses parents. Il ne les gênait pas, c'était le moins qu'on pût dire. Une plante verte eût été plus bruyante. Il ne les regardait même pas.

Le temps est une invention du mouvement. Celui qui ne bouge pas ne voit pas le temps passer.

Le tube n'avait aucune conscience de la durée. Il atteignit l'âge de deux ans comme il eût atteint celui de deux jours ou de deux siècles. Il n'avait toujours pas changé de position ni même tenté d'en changer : il demeurait couché sur le dos, les bras le long du corps, comme un gisant minuscule.

La mère le prit alors par les aisselles pour le mettre debout ; le père plaça les petites mains sur les barreaux du lit-cage pour qu'il ait l'idée de s'y tenir. Ils lâchèrent l'édifice ainsi obtenu : Dieu retomba en arrière et, nullement affecté, continua sa méditation.

— Il lui faut de la musique, dit la mère. Les enfants aiment la musique.

Mozart, Chopin, les disques des *101 Dalmatiens*, les Beatles et le *shaku hachi* produisirent sur sa sensibilité une identique absence de réaction.

Les parents renoncèrent à faire de lui un

musicien. Ils renoncèrent d'ailleurs à en faire un être humain.

Le regard est un choix. Celui qui regarde décide de se fixer sur telle chose et donc forcément d'exclure de son attention le reste de son champ de vision. C'est en quoi le regard, qui est l'essence de la vie, est d'abord un refus.

Vivre signifie refuser. Celui qui accepte tout ne vit pas plus que l'orifice du lavabo. Pour vivre, il faut être capable de ne plus mettre sur le même plan, au-dessus de soi, la maman et le plafond. Il faut refuser l'un des deux pour choisir de s'intéresser soit à la maman soit au plafond. Le seul mauvais choix est l'absence de choix.

Dieu n'avait rien refusé parce qu'il n'avait rien choisi. C'est pourquoi il ne vivait pas.

Les bébés, au moment de leur naissance, crient. Ce hurlement de douleur est déjà une révolte, cette révolte déjà un refus. C'est pourquoi la vie commence au jour de la naissance, et non avant, quoi qu'en disent certains.

Le tube n'avait pas émis le moindre décibel lors de l'accouchement.

Les médecins avaient pourtant déterminé qu'il n'était ni sourd, ni muet, ni aveugle. C'était seulement un lavabo auquel manquait le bouchon. S'il avait pu parler, il eût répété sans trêve ce mot unique : « oui ».

Les gens vouent un culte à la régularité. Ils aiment à croire que l'évolution résulte d'un processus normal et naturel ; l'espèce humaine serait régie par une sorte de fatalité biologique intérieure qui l'a conduite à cesser de marcher à quatre pattes vers l'âge d'un an ou à faire ses premiers pas après quelques millénaires.

Personne ne veut croire aux accidents. Ces derniers, expression soit d'une fatalité extérieure, ce qui est déjà fâcheux, soit du hasard, ce qui est pire, sont bannis de l'imaginaire humain. Si quelqu'un osait dire : « C'est par accident que, vers l'âge d'un an, j'ai fait mes premiers pas » ou : « C'est par accident qu'un jour, l'homme a joué au bipède », il serait aussitôt considéré comme fou.

La théorie des accidents est inacceptable car elle laisse supposer que les choses auraient pu se passer autrement. Les gens n'admettent pas l'idée qu'un enfant d'un an n'ait pas l'idée de marcher ; cela reviendrait à admettre que l'homme aurait pu ne pas avoir l'idée de marcher sur deux pattes. Et qui pourrait croire qu'une espèce aussi brillante aurait pu n'y pas songer ?

Le tube, à deux ans, n'avait même pas essayé le quadrupédisme, ni d'ailleurs le mouvement. Il n'avait jamais essayé le son non plus. Les adultes en déduisaient qu'il y avait un blocage dans son évolution. Jamais ils n'auraient pu en déduire que le bébé n'avait pas encore connu d'accident ; car qui pourrait croire que, sans accident, l'homme resterait parfaitement inerte ?

Il y a les accidents physiques et les accidents mentaux. Les gens nient carrément l'existence de ces derniers : on n'en parle jamais comme moteur de l'évolution.

Or, il n'y a rien d'aussi fondamental dans le devenir humain que les accidents mentaux. L'accident mental est une poussière entrée par hasard dans l'huître du cerveau, malgré la protection des coquilles closes de la boîte crânienne. Soudain, la matière tendre qui vit au cœur du crâne est perturbée, affolée, menacée par cette chose étrangère qui s'y est glissée ; l'huître qui végétait en paix déclenche l'alarme et cherche une parade. Elle invente une substance merveilleuse, la nacre, en enrobe l'intruse particule pour se l'incorporer et crée ainsi la perle.

Il peut aussi arriver que l'accident mental soit sécrété par le cerveau lui-même : ce sont les accidents les plus mystérieux et les plus graves. Une circonvolution de matière grise, sans motif, donne naissance à une idée terrible, à une pensée effarante — et en une seconde, c'en est fini pour toujours de la tranquillité de l'esprit. Le virus opère. Impossible de l'enrayer.

Alors, contraint et forcé, l'être sort de sa torpeur. A la question affreuse et informulable qui l'a assailli, il cherche et trouve mille réponses inadéquates. Il se met à marcher, à parler, à adopter cent attitudes inutiles par lesquelles il espère s'en sortir.

Non seulement il ne s'en sort pas, mais il empire son cas. Plus il parle, moins il comprend, et plus il marche, plus il fait du surplace. Très vite, il regrettera sa vie larvaire, sans oser se l'avouer.

Il existe pourtant des êtres qui ne subissent pas la loi de l'évolution, qui ne rencontrent pas d'accident fatal. Ce sont les légumes cliniques. Les médecins se penchent sur leur cas. En vérité, ils sont ce que nous voudrions être. C'est la vie qui devrait être tenue pour un mauvais fonctionnement.

C'était un jour ordinaire. Il ne s'était rien passé de spécial. Les parents exerçaient leur métier de parents, les enfants exécutaient leur mission d'enfants, le tube se concentrait sur sa vocation cylindrique.

Ce fut pourtant le jour le plus important de son histoire. Comme tel, on n'en a gardé aucune trace. Semblablement, on n'a conservé aucune archive du jour où un homme s'est mis debout pour la première fois, ni du jour où un homme a enfin compris la mort. Les événements les plus fondamentaux de l'humanité sont passés presque inaperçus.

Soudain, la maison se mit à retentir de hurlements. La mère et la gouvernante, d'abord pétrifiées, cherchèrent l'origine de ces cris. Un singe s'était-il introduit dans la demeure ? Un fou s'était-il échappé d'un asile ?

En désespoir de cause, la mère alla regarder dans sa chambre. Ce qu'elle y vit la stupéfia : Dieu était assis dans son lit-cage et hurlait autant qu'un bébé de deux ans peut hurler.

La mère s'approcha de la scène mythologique : elle ne reconnaissait plus ce qui pendant deux années avait constitué un spectacle si apaisant. Il avait toujours eu ses yeux grands ouverts et fixes, de sorte que la couleur gris-vert en avait été facile à identifier ; à présent, ses pupilles étaient entièrement noires, d'un noir de paysage incendié.

Qu'avait-il pu y avoir d'assez fort pour brûler ces yeux pâles et les rendre noirs comme du charbon ? Qu'avait-il pu se passer d'assez terrible pour le réveiller d'un si long sommeil et le transformer en cette machine à crier ?

La seule évidence, c'était que l'enfant était furieux. Une colère fabuleuse l'avait tiré de sa torpeur, et si personne n'en connaissait l'origine, le motif devait en être très grave, au vu de son ampleur.

La mère, fascinée, vint prendre son rejeton dans ses bras. Elle dut aussitôt le déposer dans le lit-cage car il gesticulait de tous ses membres et la cognait.

Elle courut dans la maison en clamant : « La Plante n'est plus une plante ! » Elle appela le père pour qu'il vienne sur les lieux du phénomène. Son frère et sa sœur furent invités à s'extasier devant la sainte colère de Dieu.

Après quelques heures, il cessa de hurler, mais ses yeux restèrent noirs de rage. Il eut un regard très fâché pour l'humanité qui l'entourait. Puis, épuisé par tant de mauvaise humeur, il s'allongea et s'endormit.

La famille applaudit. Ce fut considéré comme une excellente nouvelle. L'enfant était enfin vivant.

Comment expliquer cette naissance postérieure de deux ans à l'accouchement ?

Aucun médecin ne trouva la clé du mystère. C'était comme s'il avait eu besoin de deux années de grossesse extra-utérine supplémentaires pour devenir opérationnel.

Oui, mais pourquoi cette colère ? La seule cause que l'on puisse supposer était l'accident mental. Quelque chose était apparu dans son cerveau qui lui avait semblé insoutenable. Et en une seconde, la matière grise s'était mise en branle. Des influx nerveux avaient circulé en cette chair inerte. Son corps avait commencé à bouger.

Ainsi, les plus grands Empires peuvent s'effondrer pour des motifs parfaitement inconnaissables. D'admirables enfançons immobiles comme des statues peuvent, en une chiquenaude, se muer en bêtes braillardes. Le plus étonnant est que cela enchante leur famille.

Sic transit tubi gloria.

Le père était aussi excité que si un quatrième enfant lui était né.

Il téléphona à sa mère qui demeurait à Bruxelles.

— La Plante s'est réveillée ! Prends un avion et viens !

La grand-mère dit qu'elle allait se faire couper quelques nouveaux tailleurs avant de venir : c'était une femme très élégante. Cela ajournait sa visite de plusieurs mois.

Entre-temps, les parents commençaient à regretter le légume d'antan. Dieu ne décolérait pas. Il fallait presque lui jeter son biberon, de peur de recevoir un coup. Il pouvait se calmer pendant quelques heures, mais on ne savait jamais ce que cela présageait.

Le scénario nouveau était celui-ci : on profitait d'un moment où il était tranquille pour prendre le bébé et le mettre dans son parc. Il restait d'abord hébété à contempler les jouets qui l'entouraient.

Peu à peu, un vif désagrément s'emparait de lui. Il s'apercevait que ces objets existaient en dehors de lui, sans avoir besoin de son règne. Cela lui déplaisait et il criait.

D'autre part, il avait observé que les parents et leurs satellites produisaient avec leur bouche des sons articulés bien précis : ce procédé semblait leur permettre de contrôler les choses, de se les annexer.

Il eût voulu faire de même. N'était-ce pas l'une des principales prérogatives divines que de nommer l'univers ? Il désignait alors du doigt un jouet et ouvrait la bouche pour lui donner l'existence : mais les sons qu'il produisait ne formaient pas des suites cohérentes. Il en était le premier surpris, car il se sentait tout à fait capable de parler. L'étonnement passé, il trouvait cette situation humiliante et intolérable. La colère s'emparait de lui et il se mettait à hurler sa rage.

Tel était le sens de ses cris :

— Vous bougez vos lèvres et il en sort du langage ! Je bouge les miennes et il n'en sort que du bruit ! Cette injustice est insupportable ! Je gueulerai jusqu'à ce que ça se transforme en mots !

Telle était l'interprétation de la mère :

— Etre encore un bébé à deux ans, ce n'est pas normal. Il se rend compte de son retard et ça l'énerve.

Faux : Dieu ne se trouvait absolument pas en retard. Qui dit retard dit comparaison. Dieu ne se comparait pas. Il sentait en lui un pouvoir gigantesque et s'offusquait de se découvrir incapable de l'exercer. Sa bouche le trahissait. Il ne doutait pas un instant de sa divinité et s'indignait que ses propres lèvres n'aient pas l'air au courant.

La mère s'approchait de lui et prononçait des mots simples en articulant très fort :

— Papa ! Maman !

Il était furieux qu'elle lui propose d'aussi sottes imitations : ne savait-elle donc pas à qui elle avait affaire ? Le maître du langage, c'était lui. Jamais il ne s'abaisserait à répéter « Maman » et « Papa ». A titre de représailles, il hurlait de plus belle et de plus laide.

Peu à peu, les parents commencèrent à évoquer leur ancien enfant. Avaient-ils gagné au change ? Ils avaient un rejeton mystérieux et calme et se retrouvaient avec un chiot doberman.

— Tu te souviens comme elle était jolie, la Plante, avec ses grands yeux sereins ?

— Et les bonnes nuits qu'on passait !

C'en était fini de leur sommeil : Dieu était l'insomnie personnifiée. C'était à peine s'il dormait deux heures par nuit. Et dès qu'il ne dormait pas, il manifestait sa colère par des cris.

— Ça va ! le tançait le père. On le sait, que tu viens de passer deux années à roupiller. Ce n'est pas une raison pour ne plus permettre à personne de dormir.

Dieu se conduisait comme Louis XIV : il ne tolérait pas qu'on dorme s'il ne dormait pas, qu'on mange s'il ne mangeait pas, qu'on marche s'il ne marchait pas et qu'on parle s'il ne parlait pas. Ce dernier point, surtout, le rendait fou.

Les médecins ne comprirent pas davantage ce nouvel état que le précédent : l'« apathie pathologique » s'était muée en « irritabilité pathologique » sans qu'aucune analyse n'explique le diagnostic. Ils préférèrent recourir à une sorte de bon sens populaire :

— C'est pour compenser les deux années précédentes. Votre enfant finira bien par se calmer.

« Si je ne l'ai pas jeté par la fenêtre auparavant », pensait la mère exaspérée.

Les tailleurs de la grand-mère furent prêts. Elle les mit dans une valise, passa chez le coiffeur et prit l'avion Bruxelles-Osaka qui, en 1970, effectuait le trajet en quelque vingt heures.

Les parents l'attendaient à l'aéroport. Ils ne s'étaient pas vus depuis 1967 : le fils fut enlacé, la belle-fille fut congratulée et le Japon admiré.

En chemin vers la montagne, on parla des enfants : les deux aînés étaient merveilleux, le troisième était un problème. « On n'en veut plus ! » La grand-mère assura que tout allait s'arranger.

La beauté de la maison l'enchanta. « Que c'est japonais ! » s'exclama-t-elle en regardant la salle de *tatami* et le jardin qui, en ce mois de février, blanchissait déjà sous les pruniers en fleur.

Elle n'avait plus vu le frère et la sœur depuis trois années. Elle s'extasia des sept ans du garçon et des cinq ans de la fille. Elle demanda alors à être présentée au troisième enfant, qu'elle n'avait encore jamais rencontré.

On ne voulut pas l'accompagner dans l'antre du monstre : « C'est la première à gauche, tu ne peux pas te tromper. » De loin, on entendait des hurlements rauques. La grand-mère prit quelque chose dans son sac de voyage et marcha courageusement vers l'arène.

Deux ans et demi. Cris, rage, haine. Le monde est inaccessible aux mains et à la voix de Dieu. Autour de lui, les barreaux du lit-cage. Dieu est enfermé. Il voudrait nuire et n'y parvient pas. Il se venge sur le drap et la couverture qu'il martèle de coups de pied.

Au-dessus de lui, le plafond et ses fissures qu'il connaît par cœur. Ce sont ses seuls interlocuteurs, c'est donc à eux qu'il hurle son mépris. Visiblement, le plafond s'en fout. Dieu en est contrarié.

Soudain, le champ de vision se remplit d'un visage inconnu et inidentifiable. Qu'est-ce que c'est ? C'est un humain adulte, du même sexe que la mère, semble-t-il. La première surprise passée, Dieu manifeste son mécontentement par un long râle.

Le visage sourit. Dieu connaît ça : on essaie de l'amadouer. Ça ne prend pas. Il montre les dents. Le visage laisse tomber des mots avec sa bouche. Dieu boxe les paroles au vol. Ses poings fermés rossent les sons et les mettent K.-O.

Dieu sait qu'après, le visage essaiera de tendre la main vers lui. Il a l'habitude : les adultes approchent toujours leurs doigts de sa figure. Il décide qu'il mordra l'index de l'inconnue. Il se prépare.

En effet, une main apparaît dans son champ de vision mais — stupeur ! — il y a entre ses doigts un bâton blanchâtre. Dieu n'a jamais vu ça et en oublie de crier.

— C'est du chocolat blanc de Belgique, dit la grand-mère à l'enfant qu'elle découvre.

De ces mots, Dieu ne comprend que « blanc » : il connaît, il a vu ça sur le lait et les murs. Les autres vocables sont obscurs :

« chocolat » et surtout « Belgique ». Entre-temps, le bâton est près de sa bouche.

— C'est pour manger, dit la voix.

Manger : Dieu connaît. C'est une chose qu'il fait souvent. Manger, c'est le biberon, la purée avec des morceaux de viande, la banane écrasée avec la pomme râpée et le jus d'orange.

Manger, ça sent. Ce bâton blanchâtre a une odeur que Dieu ne connaît pas. Ça sent meilleur que le savon et la pommade. Dieu a peur et envie en même temps. Il grimace de dégoût et salive de désir.

En un soubresaut de courage, il attrape la nouveauté avec ses dents, la mâche mais ce n'est pas nécessaire, ça fond sur la langue, ça tapisse le palais, il en a plein la bouche — et le miracle a lieu.

La volupté lui monte à la tête, lui déchire le cerveau et y fait retentir une voix qu'il n'avait jamais entendue :

— C'est moi ! C'est moi qui vis ! C'est moi qui parle ! Je ne suis pas « il » ni « lui », je suis moi ! Tu ne devras plus dire « il » pour parler de toi, tu devras dire « je ». Et je suis ton meilleur ami : c'est moi qui te donne le plaisir.

Ce fut alors que je naquis, à l'âge de deux ans et demi, en février 1970, dans les montagnes du Kansai, au village de Shukugawa, sous les yeux de ma grand-mère paternelle, par la grâce du chocolat blanc.

La voix, qui depuis ne s'est jamais tue, continua à parler dans ma tête :

— C'est bon, c'est sucré, c'est onctueux, j'en veux encore !

Je remordis dans le bâton en rugissant.

— Le plaisir est une merveille, qui m'apprend que je suis moi. Moi, c'est le siège du plaisir. Le plaisir, c'est moi : chaque fois qu'il y aura du plaisir, il y aura moi. Pas de plaisir sans moi, pas de moi sans plaisir !

Le bâton disparaissait en moi, bouchée par bouchée. La voix hurlait de plus en plus fort dans ma tête :

— Vive moi ! Je suis formidable comme la volupté que je ressens et que j'ai inventée ! Sans moi, ce chocolat est un bloc de rien. Mais on le met dans ma bouche et il devient le plaisir. Il a besoin de moi.

Cette pensée se traduisait par des éructations sonores de plus en plus enthousiastes. J'ouvrais des yeux énormes, je secouais les jambes de joie. Je sentais que les choses s'imprimaient dans une partie molle de mon cerveau qui gardait trace de tout.

Morceau par morceau, le chocolat était entré en moi. Je m'aperçus alors qu'au bout de la friandise défunte il y avait une main et qu'au bout de cette main il y avait un corps surmonté d'un visage bienveillant. En moi, la voix dit :

— Je ne sais pas qui tu es mais vu ce que tu m'as apporté à manger, tu es quelqu'un de bien.

Les deux mains soulevèrent mon corps du lit-cage et je fus dans des bras inconnus.

Mes parents stupéfaits virent arriver la grand-mère souriante qui portait une enfant sage et contente.

— Je vous présente ma grande amie, dit-elle, triomphante.

Je me laissai transbahuter de bras en bras avec bonté. Mon père et ma mère n'en revenaient pas de la métamorphose : ils étaient heureux et vexés. Ils questionnèrent la grand-mère.

Celle-ci se garda bien de révéler la nature de l'arme secrète à laquelle elle avait recouru. Elle préféra laisser planer un mystère. On lui supposa des dons de démonologie. Personne n'avait prévu que la bête se rappellerait son exorcisme.

Les abeilles savent, elles, que seul le miel donne aux larves le goût de la vie. Elles ne mettraient pas au monde d'aussi ardentes butineuses en les nourrissant de purée avec des petits carrés de viande. Ma mère avait des théories sur le sucre, qu'elle rendait responsable de tous les maux de l'humanité. C'est pourtant au « poison blanc » (ainsi le nommait-elle) qu'elle doit d'avoir un troisième enfant qui soit d'une humeur acceptable.

Je me comprends. A l'âge de deux ans, j'étais sortie de ma torpeur, pour découvrir que la vie était une vallée de larmes où l'on mangeait des carottes bouillies avec du jambon. J'avais dû avoir le sentiment de m'être fait avoir. A quoi bon se tuer à naître si ce n'est pour connaître le plaisir ? Les adultes ont accès à mille sortes de voluptés, mais pour les enfançons, il n'y a que la gourmandise qui puisse ouvrir les portes de la délectation.

La grand-mère m'avait rempli la bouche de sucre : soudain, l'animal furieux avait appris qu'il y avait une justification à tant d'ennui, que le corps et l'esprit servaient à exulter et qu'il ne fallait donc pas en vouloir ni à l'univers entier ni à soi-même d'être là. Le plaisir profita de l'occasion pour nommer son instrument : il l'appela moi — et c'est un nom que j'ai conservé.

Il existe depuis très longtemps une immense secte d'imbéciles qui opposent sensualité et intelligence. C'est un cercle vicieux : ils se privent de volupté pour exalter leurs capacités intellectuelles, ce qui a pour résultat de les appauvrir. Ils deviennent de plus en plus stupides, ce qui les conforte dans leur conviction d'être brillants — car on n'a rien inventé de mieux que la bêtise pour se croire intelligent.

La délectation rend humble et admiratif envers ce qui l'a rendue possible, le plaisir éveille l'esprit et le pousse tant à la virtuosité qu'à la profondeur. C'est une si puissante magie qu'à défaut de volupté, l'idée de volupté suffit. Du moment qu'existe cette notion, l'être est sauvé. Mais la frigidité triomphante se condamne à la célébration de son propre néant.

On rencontre dans les salons des gens qui se vantent haut et fort de s'être privés de tel ou tel délice pendant vingt-cinq ans. On rencontre aussi de superbes idiots qui se glorifient de ne jamais écouter de musique, de ne jamais ouvrir un livre ou de ne jamais aller au cinéma. Il y a aussi ceux qui espèrent susciter l'admiration par leur chasteté absolue. Il faut bien qu'ils en tirent vanité : c'est le seul contentement qu'ils auront dans leur vie.

En me donnant une identité, le chocolat blanc m'avait aussi fourni une mémoire : depuis février 1970, je me souviens de tout. A quoi bon se rappeler ce qui n'est pas lié au plaisir ? Le souvenir est l'un des alliés les plus indispensables de la volupté.

Une affirmation aussi énorme — « je me souviens de tout » — n'a aucune chance d'être crue par quiconque. Cela n'a pas d'importance. S'agissant d'un énoncé aussi invérifiable, je vois moins que jamais l'intérêt d'être crédible.

Certes, je ne me rappelle pas les soucis de mes parents, leurs conversations avec leurs amis, etc. Mais je n'ai rien oublié de ce qui en valait la peine : le vert du lac où j'ai appris à nager, l'odeur du jardin, le goût de l'alcool de prune testé en cachette et autres découvertes intellectuelles.

Avant le chocolat blanc, je ne me souviens de rien : je dois me fier au témoignage de mes proches, réinterprété par mes soins.

Après, mes informations sont de première main : la main même qui écrit.

Je devins le genre d'enfant dont rêvent les parents : à la fois sage et éveillée, silencieuse et présente, drôle et réfléchie, enthousiaste et métaphysique, obéissante et autonome.

Pourtant, ma grand-mère et ses sucreries ne restèrent au Japon qu'un mois : mais ce fut suffisant. La notion de plaisir m'avait rendue opérationnelle. Mon père et ma mère étaient soulagés : après avoir eu un légume pendant deux années puis une bête enragée pendant six mois, ils avaient enfin quelque chose de plus ou moins normal. On commença à m'appeler par un prénom.

Il fallut, pour recourir à l'expression consacrée, « rattraper le temps perdu » (je ne pensais pas l'avoir perdu) : à deux ans et demi, un humain se doit de marcher et de parler. Je commençai par marcher, conformément à l'usage. Ce n'était pas sorcier : se mettre debout, se laisser tomber vers l'avant, se retenir avec un pied, puis reproduire le pas de danse avec l'autre pied.

Marcher était d'une utilité indéniable. Cela permettait d'avancer en voyant le paysage mieux qu'à quatre pattes. Et qui dit marcher dit courir : courir était cette trouvaille fabuleuse qui rendait possibles toutes les évasions. On pouvait s'emparer d'un objet interdit et s'enfuir en l'emportant sans être vue de personne. Courir assurait l'impunité des actions les plus répréhensibles. C'était le verbe des bandits de grand chemin et des héros en général.

Parler posait un problème d'étiquette : quel mot choisir en premier ? J'aurais bien élu un vocable aussi nécessaire que « marron glacé » ou « pipi », ou alors aussi beau que « pneu » ou « scotch », mais je sentais que cela eût froissé des sensibilités. Les parents sont une espèce susceptible : il faut leur servir les grands classiques qui leur donnent le sentiment de leur importance. Je ne cherchais pas à me faire remarquer.

Je pris donc un air béat et solennel et, pour la première fois, je voisai les sons que j'avais en tête :

— Maman !

Extase de la mère.

Et comme il ne fallait vexer personne, je me hâtai d'ajouter :

— Papa !

Attendrissement du père. Les parents se jetèrent sur moi et me couvrirent de baisers. Je pensai qu'ils n'étaient pas difficiles. Ils eussent été moins ravis et admiratifs si j'avais commencé à parler en disant : « Pour qui sont ces serpents qui sifflent sur vos

37

têtes ? » ou : « E = mc^2 ». A croire qu'ils avaient un doute sur leur propre identité : n'étaient-ils donc pas sûrs de s'appeler Papa et Maman ? Ils semblaient avoir eu tant besoin que je le leur confirme.

Je me félicitai de mon choix : pourquoi faire compliqué quand on peut faire simple ? Aucun premier mot n'eût pu autant combler mes géniteurs. À présent que j'avais accompli mon devoir de politesse, je pouvais me consacrer à l'art et à la philosophie : la question du troisième mot était autrement excitante, puisque je n'avais à tenir compte que de critères qualitatifs. Cette liberté était si grisante qu'elle m'embarrassait : je mis un temps fou à prononcer mon troisième mot. Mes parents n'en furent que plus flattés : « Elle n'avait besoin que de nous nommer. C'était sa seule urgence. »

Ils ne savaient pas que, dans ma tête, je parlais depuis longtemps. Mais il est vrai que dire les choses à haute voix est différent : cela confère au mot prononcé une valeur exceptionnelle. On sent que le mot est ému, qu'il le vit comme un signe de reconnaissance, qu'on lui paie sa dette ou qu'on le célèbre. Voiser le vocable « banane », c'est rendre hommage aux bananes à travers les siècles.

Raison de plus pour réfléchir. Je me lançai dans une phase d'exploration intellectuelle qui dura des semaines. Les photos de l'époque me montrent avec un visage si sérieux que c'en est comique. C'est que mon discours intérieur était existentiel : « Chaussure ? Non, ce n'est pas le plus important ; on peut marcher sans. Papier ? Oui, mais c'est aussi nécessaire que crayon. Il n'y a pas moyen de choisir entre papier et crayon. Chocolat ? Non, c'est mon secret. Otarie ? Otarie, c'est sublime, ça pousse des cris admirables, mais est-ce vraiment mieux que toupie ? Toupie, c'est trop beau. Seulement, l'otarie est vivante. Qu'est-ce qui est mieux, une toupie qui tourne ou une otarie qui vit ? Dans le doute, je m'abstiens. Harmonica ? Ça sonne bien, mais est-ce vraiment indispensable ? Lunette ? Non, c'est rigolo, mais ça ne sert à rien. Xylophone ?... »

Un jour, ma mère arriva dans le salon avec un animal à long cou dont la queue mince et longue terminait dans une prise de courant. Elle poussa un bouton et la bête amorça une plainte régulière et ininterrompue. La tête se mit à bouger sur le sol en un mouvement de va-et-vient qui entraînait le bras de Maman derrière elle. Parfois, le corps avançait sur ses pattes qui étaient des roulettes.

Ce n'était pas la première fois que je

voyais un aspirateur mais je n'avais pas encore réfléchi à sa condition. Je m'approchai de lui à quatre pattes pour être à sa hauteur ; je savais qu'il fallait toujours être à la hauteur de ce qu'on examinait. Je suivis sa tête et posai ma joue sur le tapis pour observer ce qui se passait. Il y avait un miracle : l'appareil avalait les réalités matérielles qu'il rencontrait et il les transformait en inexistence.

Il remplaçait le quelque chose par le rien : cette substitution ne pouvait être qu'œuvre divine.

J'avais le souvenir vague d'avoir été Dieu, il n'y avait pas si longtemps. J'entendais parfois dans ma tête une grande voix qui me plongeait en d'incalculables ténèbres et qui me disait : « Rappelle-toi ! C'est moi qui vis en toi ! Rappelle-toi ! » Je ne savais pas trop ce que j'en pensais, mais ma divinité me paraissait des plus probables et des plus agréables.

Soudain, je rencontrais un frère : l'aspirateur. Que pouvait-il y avoir de plus divin que cet anéantissement pur et simple ? J'avais beau trouver qu'un Dieu n'a rien à prouver, j'aurais voulu être capable d'accomplir un tel prodige, une tâche aussi métaphysique.

« *Anch'io sono pittore !* » s'exclama le Corrège en découvrant les tableaux de Raphaël.

En un enthousiasme semblable, j'étais sur le point de m'écrier : « Moi aussi, je suis un aspirateur ! »

A la dernière seconde, je me souvins qu'il fallait ménager mes effets : j'étais censée posséder deux mots à mon actif, je n'allais pas me décrédibiliser en sortant des phrases. Mais mon troisième mot, je l'avais.

Sans plus attendre, j'ouvris la bouche et je scandai les quatre syllabes : « Aspirateur ! »

Un instant interdite, ma mère lâcha le cou du tuyau et courut téléphoner à mon père :

— Elle a dit son troisième mot !

— C'est quoi ?

— Aspirateur !

— Bien. Nous en ferons une ménagère accomplie.

Il devait être un peu déçu.

J'avais fait très fort pour le troisième mot ; je pouvais dès lors me permettre d'être moins existentielle pour le quatrième. Estimant que ma sœur, de deux ans et demi mon aînée, était une bonne personne, j'élus son prénom :

— Juliette ! clamai-je en la regardant dans les yeux.

Le langage a des pouvoirs immenses : à peine avais-je prononcé à haute voix ce nom que nous nous prîmes l'une pour l'autre d'une folle passion. Ma sœur me saisit entre ses bras et me serra. Tel le philtre d'amour de Tristan et Iseut, le mot nous avait unies pour toujours.

Il était hors de question que je choisisse pour cinquième vocable le prénom de mon frère, de quatre ans mon aîné : ce mauvais sujet avait passé un après-midi assis sur ma tête à lire un *Tintin*. Il adorait me persécuter. Pour le punir, je ne le nommerais pas. Ainsi, il n'existerait pas tellement.

Vivait avec nous Nishio-san, ma gouvernante japonaise. Elle était la bonté même et me dorlotait pendant des heures. Elle ne parlait aucune autre langue que la sienne. Je comprenais tout ce qu'elle disait. Mon cinquième mot fut donc nippon, puisque je la nommai.

J'avais déjà donné leur nom à quatre personnes ; à chaque fois, cela les rendait si heureuses que je ne doutais plus de l'importance de la parole : elle prouvait aux individus qu'ils étaient là. J'en conclus qu'ils n'en étaient pas sûrs. Ils avaient besoin de moi pour le savoir.

Parler servait-il donc à donner la vie ? Ce n'était pas certain. Autour de moi, les gens parlaient du matin au soir, sans que cela ait des conséquences aussi miraculeuses. Pour mes parents, par exemple, parler équivalait à formuler ceci :

— J'ai invité les Truc pour le 26.

— Qui sont les Truc ?

— Voyons, Danièle, tu ne connais qu'eux. Nous avons déjà dîné vingt fois en compagnie des Truc.

— Je ne me rappelle pas. Qui sont les Truc ?

— Tu verras bien.

Je n'avais pas l'impression que les Truc existaient davantage après ce genre de propos. Au contraire.

Pour mon frère et ma sœur, parler revenait à cela :

— Où est ma boîte de Lego ?

— J'en sais rien.

— Menteuse ! C'est toi qui l'as prise !

— C'est pas vrai.

— Tu vas me dire où elle est ?

Et puis ils se tapaient dessus. Parler était un prélude au combat.

Quand la douce Nishio-san me parlait, c'était le plus souvent pour me raconter, avec le rire nippon réservé à l'horreur, comment sa sœur avait été écrasée par le train Kobé-Nishinomiya lorsqu'elle était enfant. A chaque occurrence de ce récit, sans faillir, les mots de ma gouvernante tuaient la petite fille. Parler pouvait donc servir aussi à assassiner.

L'examen de l'édifiant langage d'autrui m'amena à cette conclusion : parler était un acte aussi créateur que destructeur. Il valait mieux faire très attention avec cette invention.

Par ailleurs, j'avais remarqué qu'il existait également un emploi inoffensif de la parole. « Beau temps, n'est-ce pas ? » ou « Ma chère, je vous trouve très en forme ! » étaient des phrases qui ne produisaient aucun effet métaphysique. On pouvait les dire sans aucune crainte. On pouvait même ne pas les dire. Si on les disait, c'était sans doute pour avertir les gens qu'on n'allait pas les tuer. C'était comme le pistolet à eau de mon frère ; quand il me tirait dessus en m'annonçant : « Pan ! tu es morte ! », je ne mourais pas, j'étais seulement arrosée. On recourait à ce genre de propos pour montrer que son arme était chargée à blanc.

A titre de C.Q.F.D., le sixième mot fut « mort ».

Il régnait dans la maison un silence anormal. Je voulus aller aux renseignements et descendis le grand escalier. Au salon, mon père pleurait : spectacle impensable et que je n'ai jamais revu. Ma mère le tenait dans ses bras comme un bébé géant.

Elle me dit très doucement :

— Ton papa a perdu sa maman. Ta grand-mère est morte.

Je pris un air terrible.

— Evidemment, poursuivit-elle, tu ne sais pas ce que ça veut dire, la mort. Tu n'as que deux ans et demi.

— Mort ! affirmai-je sur le ton d'une assertion sans réplique, avant de tourner les talons.

Mort ! Comme si je ne savais pas ! Comme si mes deux ans et demi m'en éloignaient, alors qu'ils m'en rapprochaient ! Mort ! Qui mieux que moi savait ? Le sens de ce mot, je venais à peine de le quitter ! Je le connaissais encore mieux que les autres enfants, moi qui l'avais prolongé au-delà des limites humaines. N'avais-je pas vécu deux années de coma, pour autant que l'on puisse vivre le coma ? Qu'avaient-ils donc pensé que je faisais, dans mon berceau, pendant si longtemps, sinon mourir ma vie, mourir le temps, mourir la peur, mourir le néant, mourir la torpeur ?

La mort, j'avais examiné la question de près : la mort, c'était le plafond. Quand on connaît le plafond mieux que soi-même, cela s'appelle la mort. Le plafond est ce qui empêche les yeux de monter et la pensée de s'élever. Qui dit plafond dit caveau : le plafond est le couvercle du cerveau. Quand vient la mort, un couvercle géant se pose sur votre casserole crânienne. Il m'était arrivé une chose peu commune : j'avais vécu ça dans l'autre sens, à un âge où ma mémoire pouvait sinon s'en souvenir, au moins en conserver une vague impression.

Quand le métro sort de terre, quand les rideaux noirs s'ouvrent, quand l'asphyxie est finie, quand les seuls yeux nécessaires nous regardent à nouveau, c'est le couvercle de la mort qui se soulève, c'est notre caveau crânien qui devient un cerveau à ciel ouvert.

Ceux qui, d'une manière ou d'une autre, ont connu la mort de trop près et en sont revenus contiennent leur propre Eurydice : ils savent qu'il y a en eux quelque chose qui se rappelle trop bien la mort et qu'il vaut mieux ne pas la regarder en face. C'est que la mort, comme un terrier, comme une chambre aux rideaux fermés, comme la solitude, est à la fois horrible et tentante : on sent qu'on pourrait y être bien. Il suffirait qu'on se laisse aller pour rejoindre cette hibernation intérieure. Eurydice est si séduisante qu'on a tendance à oublier pourquoi il faut lui résister.

Il le faut, pour cette unique raison que le trajet est le plus souvent un aller simple. Sinon, il ne le faudrait pas.

Je m'assis sur l'escalier en pensant à la grand-mère au chocolat blanc. Elle avait contribué à me libérer de la mort, et si peu de temps après, c'était son tour. C'était comme s'il y avait eu un marchandage. Elle avait payé ma vie de la sienne. L'avait-elle su ?

Au moins mon souvenir lui conserve-t-il l'existence. Ma grand-mère avait essuyé les plâtres de ma mémoire. Juste retour des choses : elle y est encore bien vivante, précédée de son bâton de chocolat comme d'un sceptre. C'est ma façon de lui rendre ce qu'elle m'a donné.

Je ne pleurai pas. Je remontai dans la chambre pour jouer au plus beau jeu du monde : la toupie. J'avais une toupie en plastique qui valait toutes les merveilles de l'univers. Je la faisais tourner et la regardais fixement pendant des heures. Cette rotation perpétuelle me donnait l'air grave.

La mort, je savais ce que c'était. Cela ne me suffisait pas à la comprendre. J'avais des tas de questions à poser. Le problème était qu'officiellement je disposais de six mots, dont zéro verbe, zéro conjonction, zéro adverbe : difficile de composer des interrogations avec ça. Certes, en réalité, dans ma tête, j'avais le vocabulaire nécessaire — mais comment passer, en un coup, de six à mille mots, sans révéler mon imposture ?

Heureusement, il y avait une solution : Nishio-san. Elle ne parlait que japonais, ce qui limitait ses conversations avec ma mère. Je pouvais lui parler en cachette, camouflée derrière sa langue.

— Nishio-san, pourquoi on meurt ?

— Tu parles, toi ?

— Oui, mais ne le dis à personne. C'est un secret.

— Tes parents seraient heureux s'ils savaient que tu parlais.

— C'est pour leur faire la surprise. Pourquoi on meurt ?

— Parce que Dieu le veut.

— Tu crois vraiment ?

— Je ne sais pas. J'ai vu tant de gens mourir : ma sœur écrasée par le train, mes parents tués par des bombardements pendant la guerre. Je ne sais pas si Dieu a voulu ça.

— Alors pourquoi on meurt ?

— Tu parles de ta grand-mère ? C'est normal de mourir quand on est vieux.

— Pourquoi ?

— Quand on a beaucoup vécu, on est fatigué. Mourir, pour un vieux, c'est comme aller se coucher. C'est bien.

— Et mourir quand on n'est pas vieux ?

— Ça, je ne sais pas pourquoi c'est possible. Tu comprends tout ce que je te raconte ?

— Oui.

— Alors tu parles japonais avant de parler français ?

— Non. C'est la même chose.

Pour moi, il n'y avait pas des langues, mais une seule et grande langue dont on pouvait choisir les variantes japonaises ou françaises, au gré de sa fantaisie. Je n'avais encore jamais entendu une langue que je ne comprenais pas.

— Si c'est la même chose, comment expliques-tu que je ne parle pas le français ?

— Je ne sais pas. Raconte-moi les bombardements.

— Tu es sûre que tu veux entendre ça ?

— Oui.

Elle se lança dans un récit de cauchemar. En 1945, elle avait sept ans. Un matin, les bombes avaient commencé à pleuvoir. A Kobé, ce n'était pas la première fois qu'on les entendait, loin s'en fallait. Mais ce matin-là, Nishio-san avait senti que ce serait pour les siens et elle n'avait pas eu tort. Elle était restée allongée sur le *tatami,* espérant que la mort la trouverait endormie. Soudain, il y avait eu, juste à côté d'elle, une explosion si extraordinaire que la petite s'était crue d'abord déchiquetée en mille morceaux. Juste après, étonnée d'avoir survécu, elle avait voulu s'assurer que ses membres étaient toujours reliés à son corps, mais quelque chose l'en empêchait : elle avait mis un certain temps à comprendre qu'elle était enterrée.

Alors elle avait commencé à creuser avec ses mains, en espérant qu'elle se dirigeait vers le haut, ce dont elle n'était pas sûre. A un moment, dans la terre, elle avait touché un bras : elle ne savait pas à qui il était, elle ne savait même pas si ce bras était toujours accroché à un corps — sa seule certitude était que ce bras était mort, à défaut de son propriétaire.

Elle s'était trompée de cap. Elle s'était arrêtée de creuser pour écouter : « Je dois

aller vers le bruit : c'est là qu'il y a la vie. »
Elle avait entendu des cris et avait tâché de
creuser dans cette direction. Elle avait
recommencé son travail de taupe.

— Comment tu respirais ? demandai-je.

— Je ne sais pas. Il y avait moyen. Après
tout, il y a des animaux qui vivent là-
dessous, et qui respirent. L'air venait diffi-
cilement, mais il venait. Tu veux la suite ?

Je la réclamai avec enthousiasme.

Finalement, Nishio-san était arrivée à la
surface. « C'est là qu'il y a la vie », lui avait
dit son instinct. Il l'avait trompée : c'était là
qu'il y avait la mort. Parmi les maisons
détruites, il y avait des morceaux d'êtres
humains. La petite avait eu le temps de
reconnaître la tête de son père avant qu'une
énième bombe explose et l'enfouisse très
profond sous les décombres.

A l'abri de son linceul de terre, elle s'était
d'abord demandé si elle n'allait pas rester
là : « C'est encore ici que je suis le plus en
sécurité et qu'il y a le moins d'horreurs à
voir. » Peu à peu, elle s'était mise à suffo-
quer. Elle avait creusé vers le bruit, effarée
à l'idée de ce qu'elle allait découvrir cette
fois. Elle avait eu tort de s'inquiéter : elle ne
put rien voir, car à peine avait-elle émergé
qu'elle se retrouvait quatre mètres plus bas.

— Je ne sais pas combien d'heures cela
a duré. Je creusais, je creusais, et chaque

fois que je me retrouvais à la surface, j'étais à nouveau enterrée par une explosion. Je ne savais plus pourquoi je remontais et je remontais quand même, parce que c'était plus fort que moi. Je savais déjà que mon père était mort et que je n'avais plus de maison : j'ignorais encore le sort de ma mère et de mes frères. Quand la pluie de bombes a cessé, j'étais stupéfaite d'être encore en vie. En déblayant, on est tombé, peu à peu, sur les cadavres, entiers ou en pièces, de ceux qui manquaient, dont ma mère et mes frères. J'étais jalouse de ma sœur qui, écrasée par le train deux ans plus tôt, avait échappé à ce spectacle.

Nishio-san avait vraiment de belles histoires à raconter : les corps y finissaient toujours en morceaux.

Comme j'accaparais ma gouvernante de plus en plus, mes parents décidèrent d'engager une deuxième Japonaise pour les aider. Ils passèrent une annonce au village de Shukugawa.

Ils n'eurent pas l'embarras du choix : une seule dame se présenta.

Kashima-san devint donc la deuxième gouvernante. Elle était le contraire de la première. Nishio-san était jeune, douce et gentille ; elle n'était pas jolie et venait d'un milieu pauvre et populaire. Kashima-san avait une cinquantaine d'années et était d'une beauté aussi aristocratique que ses origines : son magnifique visage nous regardait avec mépris. Elle appartenait à cette vieille noblesse nippone que les Américains avaient abolie en 1945. Elle avait été une princesse pendant près de trente ans et, du jour au lendemain, elle s'était retrouvée sans titre et sans argent.

Depuis, elle vivait de besognes ancillaires, comme celle que nous lui avions proposée. Elle rendait tous les Blancs responsables de sa destitution et nous haïssait en bloc. Ses traits d'une finesse parfaite et sa maigreur hautaine inspiraient le respect. Mes parents lui parlaient avec les égards dus à une très grande dame ; elle ne leur parlait pas et travaillait le moins possible. Quand ma mère lui demandait de l'aider pour telle ou telle tâche, Kashima-san soupirait et lui jetait un regard qui signifiait : « Pour qui vous prenez-vous ? »

La deuxième gouvernante traitait la première comme un chien, non seulement à cause de ses origines modestes, mais aussi parce qu'elle la considérait comme une traîtresse qui pactisait avec l'ennemi. Elle laissait faire tout le travail par Nishio-san, qui avait un malencontreux instinct d'obéissance envers sa suzeraine. Elle l'invectivait à la moindre occasion :

— Tu as vu comme tu leur parles ?

— Je leur parle comme ils me parlent.

— Tu n'as aucun sens de l'honneur. Ça ne te suffit donc pas, qu'ils nous aient humiliés en 1945 ?

— Ce n'étaient pas eux.

— C'est la même chose. Ces gens étaient les alliés des Américains.

— Pendant la guerre, ils étaient des petits enfants, comme moi.

— Et alors ? Leurs parents étaient nos ennemis. Les chats ne font pas des chiens. Je les méprise, moi.

— Tu ne devrais pas dire ça devant la gosse, dit Nishio-san en me montrant du menton.

— Ce bébé ?

— Elle comprend ce que tu dis.

— Tant mieux.

— Moi, je l'aime, cette petite.

Elle disait vrai : elle m'aimait autant que ses deux filles, des jumelles âgées de dix ans qu'elle n'appelait jamais par leurs prénoms puisqu'elle ne les dissociait pas l'une de l'autre. Elle les nommait toujours *futago* et j'ai longtemps cru que ce mot duel était le prénom d'un seul enfant, les marques du pluriel étant souvent vagues en langue nippone. Un jour, les fillettes vinrent à la mai-

son et Nishio-san les héla de loin :
« *Futago !* » Elles accoururent comme des
siamoises, me révélant par le fait même le
sens de ce mot. La gémellité doit être au
Japon un problème plus grave qu'ailleurs.

Je m'aperçus très vite que mon âge me
valait un statut spécial. Au pays du Soleil-
Levant, de la naissance à l'école maternelle
non comprise, on est un dieu. Nishio-san
me traitait comme une divinité. Mon frère,
ma sœur et les *futago* avaient quitté l'âge
sacré : on leur parlait d'une façon ordinaire.
Moi, j'étais un *okosama* : une honorable
excellence enfantine, un seigneur enfant.

Quand j'arrivais à la cuisine le matin,
Nishio-san se prosternait pour être à ma
hauteur. Elle ne me refusait rien. Si je mani-
festais le désir de manger dans son assiette,
ce qui était fréquent, vu que je préférais sa
nourriture à la mienne, elle ne touchait plus
à sa pitance : elle attendait que j'aie fini
avant de recommencer à s'alimenter, si
j'avais eu la grandeur d'âme de lui laisser
quelque chose.

Un midi, ma mère s'aperçut de ce manège
et me gronda sévèrement. Elle enjoignit
ensuite à Nishio-san de ne plus accepter ma
tyrannie. Peine perdue : dès que Maman eut
le dos tourné, mes prélèvements reprirent.
Et pour cause : l'*okonomiyaki* (crêpe au
chou, aux crevettes et au gingembre) et le

riz au *tsukemono* (raifort mariné dans une saumure jaune safran) étaient autrement alléchants que les carrés de viande aux carottes bouillies.

Il y avait deux repas : celui de la salle à manger et celui de la cuisine. Je chipotais au premier pour garder de la place pour le second. Très vite, je choisis mon camp : entre des parents qui me traitaient comme les autres et une gouvernante qui me divinisait, il n'y avait pas à hésiter.

Je serais japonaise.

J'étais japonaise.

A deux ans et demi, dans la province du Kansai, être japonaise consistait à vivre au cœur de la beauté et de l'adoration. Etre japonaise consistait à s'empiffrer des fleurs exagérément odorantes du jardin mouillé de pluie, à s'asseoir au bord de l'étang de pierre, à regarder, au loin, les montagnes grandes comme l'intérieur de sa poitrine, à prolonger en son cœur le chant mystique du vendeur de patates douces qui traversait le quartier à la tombée du soir.

A deux ans et demi, être japonaise signi-fiait être l'élue de Nishio-san. A tout instant, si je le lui demandais, elle abandonnait son activité pour me prendre dans ses bras, me dorloter, me chanter des chansons où il était question de chatons ou de cerisiers en fleur.

Elle était toujours prête à me raconter ses histoires de corps coupés en morceaux qui m'émerveillaient, ou alors la légende de

57

telle ou telle sorcière qui cuisait les gens dans un chaudron pour en faire de la soupe : ces contes adorables me ravissaient jusqu'à l'hébétude.

Elle s'asseyait et me berçait comme une poupée. Je prenais un air de souffrance sans autre motif que mon désir d'être consolée : Nishio-san me consolait longuement de mes chagrins inexistants, jouant le jeu, me plaignant avec un art consommé.

Puis elle suivait d'un doigt délicat le dessin de mes traits et en vantait la beauté qu'elle disait extrême : elle s'exaltait de ma bouche, de mon front, de mes joues, de mes yeux, et concluait qu'elle n'avait jamais vu une déesse au visage aussi admirable. C'était une bonne personne.

Et je restais dans ses bras inlassablement, et j'y serais restée toujours, pâmée de son idolâtrie. Et elle se pâmait de m'idolâtrer ainsi, prouvant de la sorte la justesse et l'excellence de ma divinité.

A deux ans et demi, il eût fallu être idiote pour ne pas être japonaise.

Ce n'était pas un hasard si j'avais révélé plus tôt ma connaissance de la langue nippone que de la langue maternelle : le culte de ma personne avait ses exigences linguistiques. J'avais besoin d'un idiome pour communiquer avec mes fidèles. Ces derniers n'étaient pas très nombreux mais ils me suffisaient par l'intensité de leur foi et par l'importance de leur place dans mon univers : c'était Nishio-san, les *futago* et les passants.

Quand je me promenais dans la rue en donnant la main à la principale prêtresse de mon adoration, j'attendais avec sérénité les acclamations des badauds. Je savais qu'ils ne manqueraient jamais de se récrier sur mes charmes.

Cependant, cette religion ne me plaisait jamais autant qu'entre les quatre murs du jardin : ce dernier était mon temple. Une portion de terrain plantée de fleurs et d'arbres et entourée d'une enceinte : on n'a rien inventé de mieux pour réconcilier avec l'univers.

Le jardin de la maison était nippon, ce qui en faisait un jardin pléonastique. Il n'était pas zen mais son étang de pierre, sa sobriété et le choix de sa toison disaient le pays qui, plus religieusement que les autres, a défini le jardin.

L'aire géographique de la croyance en moi atteignait son plus haut degré de densité dans le jardin. Les murs élevés et chapeautés de tuiles japonaises qui le cloîtraient me dérobaient aux regards des laïcs et prouvaient que nous étions en un sanctuaire.

Quand Dieu a besoin d'un lieu pour symboliser le bonheur terrestre, il n'opte ni pour l'île déserte, ni pour la plage de sable fin, ni pour le champ de blé mûr, ni pour l'alpage verdoyant ; il élit le jardin.

Je partageais son opinion : il n'y a pas meilleur territoire pour régner. Fieffée du jardin, j'avais pour sujets des plantes qui, sur mon ordre, s'épanouissaient à vue d'œil. C'était le premier printemps de mon existence et je n'imaginais pas que cette adolescence végétale connaîtrait un apogée suivi d'un déclin.

Un soir, j'avais dit, à une tige surmontée d'un bouton : « Fleuris. » Le lendemain, c'était devenu une pivoine blanche en pleine déflagration. Pas de doute, j'avais des pouvoirs. J'en parlai à Nishio-san qui ne démentit pas.

Depuis la naissance de ma mémoire, en février, le monde n'avait cessé d'éclore. La nature s'associait à mon avènement. Chaque jour, le jardin était plus luxuriant que la veille. Une fleur ne se fanait que pour renaître plus belle un peu plus loin.

Comme les gens devaient m'être reconnaissants ! Comme leur vie devait être triste avant moi ! Car c'était moi qui leur avais apporté ces merveilles innombrables. Quoi de plus compréhensible que leur adoration ?

Pourtant, il demeurait un problème logique dans cette apologétique : Kashima-san.

Elle ne croyait pas en moi. C'était l'unique Japonaise qui n'acceptait pas la religion nouvelle. Elle me détestait. Seuls les grammairiens sont assez naïfs pour penser que l'exception confirme la règle : je ne l'étais pas et le cas de Kashima-san me perturbait.

Ainsi, quand j'allais prendre mon deuxième repas à la cuisine, elle ne me laissait pas manger dans son assiette. Stupéfiée par son impertinence, j'avais remis ma main dans sa nourriture : cela m'avait valu une gifle.

Estomaquée, j'étais allée pleurer chez Nishio-san, espérant qu'elle châtierait l'impie ; il n'en fut rien.

— Tu trouves ça normal ? lui dis-je avec indignation.

— C'est Kashima-san. Elle est comme ça.

Je me demandai si cette réponse était acceptable. Avait-on le droit de me frapper pour cette seule raison qu'on était « comme ça » ? C'était un peu fort. Il en coûterait à l'irréductible de se dérober à mon culte.

J'ordonnai que son jardin ne fleurisse pas. Cela n'eut pas l'air de l'émouvoir. J'en conclus qu'elle était indifférente aux

61

charmes de la botanique. En vérité, elle n'avait pas de jardin.

J'optai alors pour une attitude plus charitable et décidai de la séduire. J'allai au-devant d'elle avec un sourire magnanime et lui tendis la main, tel Dieu à Adam sur le plafond de la chapelle Sixtine : elle se détourna.

Kashima-san me refusait. Elle me niait. De même qu'il y a l'Antéchrist, elle était l'Antémoi.

Je me pris pour elle d'une pitié profonde. Comme ce devait être sinistre de ne pas m'adorer ! Cela se voyait : Nishio-san et mes autres fidèles rayonnaient de bonheur, car il était bon pour eux de m'aimer.

Kashima-san ne se laissait pas aller à ce doux besoin : cela se lisait sur les beaux traits de son visage, sur son expression toute de dureté et de refus. Je tournais autour d'elle en l'observant, cherchant le motif de son peu d'inclination pour moi. Jamais je n'eusse imaginé que la cause pût être en moi, si forte était ma conviction d'être, des pieds à la tête, l'indiscutable gemme de la planète. Si l'aristocratique gouvernante ne m'aimait pas, c'était qu'elle avait un problème.

Je le trouvai : à force de scruter Kashima-san, je vis qu'elle souffrait de la maladie de se retenir. Chaque fois qu'il y avait une occasion de se réjouir, de se régaler, de s'extasier ou de s'amuser, la bouche de la noble dame se serrait, ses lèvres devenaient rigides : elle se retenait.

C'était comme si les plaisirs étaient indignes d'elle. Comme si la joie lui était une abdication.

Je me livrai à quelques expériences scientifiques. J'apportai à Kashima-san le plus beau camélia du jardin en précisant que je l'avais cueilli pour elle : bouche plissée, merci sec. Je demandai à Nishio-san de lui préparer son plat préféré : elle prépara un *chawan mushi* sublime qui fut mangé du bout des lèvres et commenté de silence. Apercevant un arc-en-ciel, je courus appeler Kashima-san pour qu'elle l'admire : elle haussa les épaules.

Je décidai alors, dans ma générosité, de lui donner à voir le plus beau spectacle qui se pût concevoir. Je revêtis la tenue que Nishio-san m'avait offerte : un petit kimono de soie rose, orné de nénuphars, avec son large *obi* rouge, les *geta* laquées et le parasol de papier pourpre décoré d'une migration de grues blanches. Je me barbouillai la bouche du rouge à lèvres de ma mère et allai me contempler dans le miroir : pas de doute, j'étais magnifique. Personne ne résisterait à une telle apparition.

J'allai d'abord me faire admirer par mes

fidèles les plus loyaux, qui poussèrent les cris auxquels je m'attendais. Virevoltant comme le plus convoité des papillons, j'offris ensuite ma superbe au jardin, sous forme d'une danse frénétique et bondissante. J'en profitai pour agrémenter ma mise d'une pivoine géante dont je me coiffai, tel un chapeau cinabre.

Ainsi parée, je me montrai à Kashima-san. Elle n'eut aucune réaction.

Cela me confirma dans mon diagnostic : elle se retenait. Sinon, comment eût-elle pu ne pas s'exclamer à ma vue ? Et comme Dieu pour le pécheur, je conçus une commisération absolue pour elle. Pauvre Kashima-san !

Si j'avais su que la prière existait, j'eusse prié pour elle. Mais je ne voyais aucun moyen d'intégrer cette gouvernante aporétique dans ma vision du monde et cela me contrariait.

Je découvrais les limites de mon pouvoir.

Parmi les amis de mon père, il y avait un homme d'affaires vietnamien qui avait épousé une Française. Suite à des problèmes politiques facilement imaginables dans le Vietnam de 1970, cet homme dut repartir de toute urgence vers son pays, emmenant sa femme mais n'osant s'encombrer de leur fils de six ans, qui fut donc confié à mes parents pour une durée indéterminée.

Hugo était un garçon impassible et réservé. Il me fit bonne impression jusqu'au moment où il passa à l'ennemi : mon frère. Les deux garçonnets devinrent inséparables. Je décidai de ne pas nommer Hugo, pour le châtier.

En français, je disais toujours très peu de mots afin de ménager mes effets. Cela devenait intenable. Je ressentais le besoin de clamer des choses aussi cruciales que « Hugo et André sont des cacas verts ». Hélas, je n'étais pas censée être capable de prononcer des assertions aussi sophistiquées. Je rongeais mon frein en pensant que les garçons ne perdaient rien pour attendre.

Parfois je me demandais pourquoi je ne montrais pas à mes parents l'étendue de ma parole : pourquoi me priver d'un tel pouvoir ? Fidèle sans le savoir à l'étymologie du mot « enfant », je sentais confusément que j'aurais perdu, en parlant, certains égards qui sont dus aux mages et aux débiles mentaux.

Au sud du Japon, avril est d'une douceur voluptueuse. Les parents nous emmenèrent à la mer. Je connaissais déjà très bien l'océan, par la grâce de la baie d'Osaka qui, à l'époque, regorgeait d'immondices : autant nager dans les égouts. Nous allâmes donc de l'autre côté du pays, à Tottori, où je découvris la mer du Japon, dont la beauté me subjugua. Les Nippons qualifient cette mer de mâle, par opposition à l'océan, qu'ils jugent femelle : cette distinction me laissa perplexe. Je ne l'ai pas comprise davantage aujourd'hui.

La plage de Tottori était grande comme le désert. Je traversai ce Sahara et parvins à la lisière de l'eau. Elle avait aussi peur que moi : à la manière des enfants timides, elle avançait et reculait sans cesse. Je l'imitai.

Tous les miens y plongèrent. Ma mère m'appela. Je n'osai pas les suivre, malgré la bouée qui me ceinturait. Je regardais la mer avec terreur et désir. Maman vint prendre ma main et m'entraîna. Soudain, j'échappai à la pesanteur terrestre : le fluide s'empara de moi et me jucha à sa surface. Je poussai un hurlement de plaisir et d'extase. Majestueuse comme Saturne avec ma bouée pour anneau, je restai dans l'eau des heures durant. Il fallut m'en retirer de force.

— Mer !

Ce fut le septième mot.

Très vite, j'appris à me passer de la bouée. Il suffisait de gigoter les jambes et les bras et on obtenait quelque chose qui ressemblait à la nage d'un chiot. Comme c'était fatigant, je m'arrangeais pour rester là où j'avais pied.

Un jour, il y eut un prodige : j'entrai dans la mer, je me mis à marcher droit devant moi en direction de la Corée et constatai que le fond ne descendait plus. Il s'était surélevé pour moi. Le Christ marchait sur les eaux ; moi, je faisais monter le sol marin. A chacun ses miracles. Exaltée, je résolus de marcher à tête sèche jusqu'au continent.

Je fonçai vers l'inconnu, foulant le doux tapis de ce fond si complaisant. Je marchai, je marchai, m'éloignant du Japon à pas de titan, pensant qu'il était fabuleux d'avoir de tels pouvoirs.

Je marchai, je marchai — et soudain je tombai. Le banc de sable qui m'avait portée jusque-là s'était affaissé. Je perdis pied. L'eau m'avala. J'essayai de gigoter les bras et les jambes pour revenir à la surface, mais chaque fois que ma tête émergeait, une vague nouvelle me la replongeait sous les flots, tel un tortionnaire cherchant à me soutirer des aveux.

Je compris que j'étais en train de me noyer. Quand mes yeux sortaient de la mer, je voyais la plage qui me paraissait si loin, mes parents qui siestaient et des gens qui m'observaient sans bouger, fidèles au vieux principe nippon de ne jamais sauver la vie de quiconque, car ce serait le contraindre à une gratitude trop grande pour lui.

Ce spectacle de mon public assistant à ma mort était encore plus effrayant que mon trépas.

Je criai :

— *Tasukete !*

En vain.

Je me dis alors qu'il n'était plus temps de faire des pudeurs avec la langue française et je traduisis le cri précédent en hurlant :

— Au secours !

C'était peut-être cela, l'aveu que l'eau voulait obtenir de moi : que je parlais la langue de mes parents. Hélas, ces derniers ne m'entendirent pas. Les spectateurs nippons respectèrent leur règle de non-intervention jusqu'à ne pas prévenir les auteurs de mes jours. Et je les regardai me regarder mourir avec attention.

Bientôt, je n'eus plus la force de bouger mes membres et je me laissai couler. Mon corps glissa en dessous des flots. Je savais que ces moments étaient les derniers de ma vie et je ne voulais pas les manquer : je tentai d'ouvrir les yeux et ce que je vis m'émerveilla. La lumière du soleil n'avait jamais été aussi belle qu'à travers les profondeurs de la mer. Le mouvement des vagues propageait des ondes étincelantes.

J'en oubliai d'avoir peur de la mort. Il me sembla rester là des heures.

Des bras m'arrachèrent et me remontèrent à l'air. Je respirai un grand coup et regardai qui m'avait sauvée : c'était ma mère qui pleurait. Elle me ramena sur la plage en me serrant très fort contre son ventre.

Elle m'emballa dans une serviette et frotta mon dos et ma poitrine vigoureusement : je vomis beaucoup d'eau. Puis elle me berça en me racontant, à travers ses larmes :

— C'est Hugo qui t'a sauvé la vie. Il jouait avec André et Juliette quand, par hasard, il a vu ta tête au moment où elle disparaissait sous la mer. Il est venu me prévenir en me montrant où tu étais. Sans lui, tu serais morte !

Je regardai le petit Eurasien et dis solennellement :

— Merci, Hugo, tu es gentil.

Silence médusé.

— Elle parle ! Elle parle comme une impératrice ! jubila mon père qui passa en un instant des frissons rétrospectifs au rire.

— Je parle depuis longtemps, fis-je en haussant les épaules.

L'eau avait réussi son plan : j'avais avoué.

Allongée sur le sable auprès de ma sœur, je me demandai si j'étais heureuse de ne pas être morte. Je regardais Hugo comme une équation mathématique : sans lui, pas de moi. Pas de moi : est-ce que ça m'aurait plu ? « Je n'aurais pas été là pour savoir si ça me plaît », me dis-je avec logique. Oui, j'étais heureuse de ne pas être morte, pour savoir que ça me plaisait.

A côté de moi, la jolie Juliette. Au-dessus de moi, les nuages magnifiques. Devant moi, l'admirable mer. Derrière moi, la plage infinie. Le monde était beau : vivre en valait la peine.

De retour à Shukugawa, je décidai d'apprendre à nager. Non loin de la maison, dans la montagne, il y avait un petit lac vert que je baptisai Petit Lac Vert. C'était le paradis liquide. Il était tiède et ravissant, perdu dans une foison d'azalées.

Chaque matin, Nishio-san prit l'habitude de m'emmener au Petit Lac Vert. Seule je découvris l'art de nager comme un poisson, toujours la tête sous l'eau, les yeux ouverts sur les mystères engloutis dont la noyade m'avait appris l'existence.

Quand ma tête émergeait, je voyais les montagnes boisées s'élever autour de moi. J'étais le centre géométrique d'un cercle de splendeur qui ne cessait de s'élargir.

Avoir frôlé la mort n'ébranlait pas ma conviction informulée d'être une divinité. Pourquoi les dieux seraient-ils immortels ? En quoi l'immortalité rendrait-elle divin ? La pivoine est-elle moins sublime du fait qu'elle va se faner ?

Je demandai à Nishio-san qui était Jésus. Elle me dit qu'elle ne savait pas très bien.

— Je sais que c'est un dieu, hasarda-t-elle. Il avait de longs cheveux.

— Tu crois en lui ?

— Non.

— Tu crois en moi ?

— Oui.

— Moi aussi, j'ai de longs cheveux.

— Oui. Et puis toi, je te connais.

Nishio-san était quelqu'un de bien : elle avait de bons arguments.

Mon frère, ma sœur et Hugo allaient à l'école américaine, près du mont Rokko. André avait, parmi ses manuels scolaires, un livre qui s'appelait *My friend Jesus*. Je ne pouvais pas encore lire mais il y avait des images. Vers la fin, on voyait le héros sur une croix avec beaucoup de gens qui le regardaient. Ce dessin me fascinait. Je demandai à Hugo pourquoi Jésus était accroché à une croix.

— C'est pour le tuer, répondit-il.

— Ça tue les hommes, d'être sur une croix ?

— Oui. C'est parce qu'il est cloué sur le bois. Les clous, ça le tue.

Cette explication me parut recevable. L'image n'en était que plus formidable. Donc, Jésus était en train de mourir devant une foule — et personne ne venait le sauver ! Ça me rappelait quelque chose.

Moi aussi, je m'étais trouvée dans cette situation : être en train de crever en regardant les gens me regarder. Il eût suffi que quelqu'un vînt retirer les clous du crucifié pour le sauver : il eût suffi que quelqu'un vînt me sortir de l'eau, ou simplement que quelqu'un prévînt mes parents. Dans mon cas comme dans celui de Jésus, les spectateurs avaient préféré ne pas intervenir.

Sans doute les habitants du pays du crucifié avaient-ils les mêmes principes que les Japonais : sauver la vie d'un être revenait à le réduire en esclavage pour cause de reconnaissance exagérée. Mieux valait le laisser mourir que le priver de sa liberté.

Je ne songeais pas à contester cette théorie ; je savais seulement qu'il était terrible de se sentir mourir devant un public passif. Et j'éprouvais une connivence profonde avec Jésus, car j'étais sûre de comprendre la révolte qui l'animait à ce moment-là.

Je voulais en savoir plus sur cette histoire. Comme la vérité semblait enfermée dans le feuilletage rectangulaire des livres, je décidai d'apprendre à lire. J'annonçai cette résolution ; on me rit au nez.

Puisqu'on ne me prenait pas au sérieux, je m'y mettrais seule. Je ne voyais pas où était le problème. J'avais appris par moi-même à faire des choses autrement remarquables : parler, marcher, nager, régner et jouer à la toupie.

Il me parut rationnel de commencer par un *Tintin*, parce qu'il y avait des images. J'en choisis un au hasard, je m'assis par terre et je tournai les pages. Il me serait impossible d'expliquer ce qui se passa, mais

73

au moment où la vache ressortit de l'usine par un robinet qui construisait des saucisses, je m'aperçus que je savais lire.

Je me gardai bien de révéler à autrui ce prodige puisqu'on avait trouvé risible mon désir de lire. Avril était le mois des cerisiers du Japon en fleur. Le quartier fêtait cela le soir, au *saké*. Nishio-san m'en donna un verre : j'en hurlai de plaisir.

Je passais de longues nuits debout, sur mon oreiller, accrochée aux barreaux de mon lit-cage, à regarder fixement mon père et ma mère, comme si j'avais le projet d'écrire sur eux une étude zoologique. Ils en ressentaient un malaise grandissant. Le sérieux de ma contemplation les intimidait au point de leur faire perdre le sommeil. Les parents comprirent que je ne pouvais plus dormir dans leur chambre.

On déménagea mes pénates dans un genre de grenier. Cela m'enchanta. Il y avait un plafond inconnu à examiner, dont les fissures me parurent d'emblée plus expressives que celles dont j'observais les méandres depuis deux ans et demi. Il y avait aussi un fatras d'objets à interroger des yeux : des caisses, des vieux vêtements, une piscine gonflable dégonflée, des raquettes pourries et autres merveilles.

Je passai de fascinantes insomnies à imaginer le contenu des cartons : il devait être très beau pour qu'on le cache si bien. Je n'aurais pas été capable de descendre du lit-cage pour aller regarder : c'était trop haut.

Fin avril, une magnifique nouveauté bouleversa mon existence : on ouvrit la fenêtre de ma chambre pendant la nuit. Je n'avais pas le souvenir d'avoir dormi fenêtre ouverte. C'était prodigieux : je pouvais guetter les bruissements énigmatiques qui s'échappaient du monde ensommeillé, les interpréter, leur donner un sens. Le lit-cage était installé le long du mur, en dessous de la fenêtre mansardée : quand le vent écartait les rideaux, je voyais le ciel zinzolin. La découverte de cette couleur me coupa le souffle : il était réconfortant d'apprendre que la nuit n'était pas noire.

Mon bruit préféré était l'aboiement lancinant et lointain d'un chien inidentifiable que je baptisai Yorukoé, « la voix du soir ». Ses geignements indisposaient le quartier. Ils me charmaient comme un chant mélancolique. J'aurais voulu connaître la raison d'un tel désespoir.

La douceur de l'air nocturne coulait par la fenêtre et se déversait droit dans mon lit. Je la buvais, je m'en saoulais. J'aurais pu adorer l'univers rien que pour cette prodigalité de l'oxygène.

Mon ouïe et mon odorat fonctionnaient à plein régime pendant ces fastueuses insomnies. La tentation de me servir de la vue n'en était que plus forte. Ce hublot, au-dessus de moi, était une provocation.

Une nuit, je ne pus résister. J'escaladai les barreaux du lit-cage le long du mur, je levai les mains aussi haut que possible : elles purent attraper le bord inférieur de la fenêtre. Grisée par cet exploit, je parvins à hisser mon corps débile jusqu'à cet appui. Juchée sur mon ventre et mes coudes, je découvris enfin le paysage nocturne : j'exultai d'admiration face aux grandes montagnes obscures, aux toits lourds et majestueux des maisons voisines, à la phosphorescence des fleurs de cerisier, au mystère des rues noires. Je voulus me pencher pour voir l'endroit où Nishio-san pendait le linge et ce qui devait arriver arriva : je tombai.

Il y eut un miracle : j'eus le réflexe d'écarter les jambes et mes pieds restèrent accrochés aux deux angles inférieurs de la fenêtre. Mes mollets et mes cuisses étaient allongés sur le léger rebord du toit, mes hanches reposaient sur la gouttière, mon tronc et ma tête pendaient dans le vide.

Le premier effroi passé, je me trouvai plutôt bien à mon nouveau poste d'observation. Je contemplai l'arrière de la maison avec beaucoup d'intérêt. Je jouais à me balancer de gauche à droite et à me livrer à l'étude balistique de mes crachats.

Au matin, quand ma mère entra dans la chambre, elle poussa un cri de terreur : au-dessus du lit vide, il y avait la fenêtre aux rideaux écartés et mes pieds de part et d'autre. Elle me souleva par les mollets, me ramena *intra-muros* et m'administra la fessée du siècle.

— On ne peut plus la laisser dormir seule. C'est trop dangereux.

On décréta que le grenier deviendrait la chambre de mon frère et que je partagerais désormais celle de ma sœur à la place d'André. Ce déménagement bouleversa ma vie. Dormir avec Juliette exalta ma passion pour elle : je partageai sa chambre pendant les quinze années qui suivirent.

Désormais, mes insomnies servirent à contempler ma sœur. Les fées qui s'étaient penchées sur son berceau lui avaient donné la grâce de dormir mais aussi la grâce tout court : nullement dérangée par mon regard fixe, elle sommeillait en un calme qui forçait l'admiration. J'appris par cœur le rythme de son souffle et la musicalité de ses soupirs. Personne ne connaît aussi bien le repos d'un autre.

Vingt années plus tard, je lus ce poème d'Aragon en frissonnant :

Je suis rentré dans la maison comme un
[voleur
Déjà tu partageais le lourd repos des fleurs
[...]
J'ai peur de ton silence et pourtant tu respires
Contre moi je te tiens imaginaire empire
Je suis auprès de toi le guetteur qui se trouble
A chaque pas qu'il fait de l'écho qui le double
au fond de la nuit
Je suis auprès de toi le guetteur sur les murs
Qui souffre d'une feuille et se meurent d'un
au fond de la nuit   [murmure
Je vis pour cette plainte à l'heure où tu reposes
Je vis pour cette crainte en moi de toute chose
au fond de la nuit
Va dire ô mon gazel à ceux du jour futur
Qu'ici le nom d'Elsa seul est ma signature
au fond de la nuit.

Il suffisait de remplacer Elsa par Juliette.

Elle dormait pour nous deux. Au matin je me levais, fraîche et dispose, reposée par le sommeil de ma sœur.

Mai commença bien.

Autour du Petit Lac Vert, les azalées explosèrent de fleurs. Comme si une étincelle avait mis le feu aux poudres, toute la montagne en fut contaminée. Je nageais désormais au milieu du rose vif.

La température diurne ne quittait pas les vingt degrés : l'Eden. J'étais sur le point de penser que mai était un mois excellent quand le scandale éclata : les parents hissèrent dans le jardin un mât au sommet duquel flottait, tel un drapeau, un grand poisson de papier rouge qui claquait au vent.

Je demandai de quoi il s'agissait. On m'expliqua que c'était une carpe, en l'honneur de mai, mois des garçons. Je dis que je ne voyais pas le rapport. On me répondit que la carpe était le symbole des garçons et que l'on arborait ce genre d'effigie poissonneuse dans les demeures des familles qui comptaient un enfant du sexe masculin.

— Et quand tombe le mois des filles ? interrogeai-je.

— Il n'y en a pas.

J'en restai sans voix. Quelle était cette injustice sidérante ?

Mon frère et Hugo me regardèrent d'un air narquois.

— Pourquoi une carpe pour un garçon ? demandai-je encore.

— Pourquoi les bébés disent-ils toujours pourquoi ? me rétorqua-t-on.

Je m'en allai vexée, persuadée de la pertinence de ma question.

J'avais certes déjà remarqué qu'il y avait une différence sexuelle, mais cela ne m'avait jamais perturbée. Il y avait beaucoup de différences sur terre : les Japonais et les Belges (je croyais que tous les Blancs étaient belges, sauf moi qui me tenais pour japonaise), les petits et les grands, les gentils et les méchants, etc. Il me semblait que femme ou homme était une opposition parmi d'autres. Pour la première fois, je soupçonnai qu'il y avait là un sacré lièvre.

Dans le jardin, je me postai sous le mât et me mis à observer la carpe. En quoi évoquait-elle davantage mon frère que moi ? Et en quoi la masculinité était-elle si formidable qu'on lui consacrait un drapeau et un mois — *a fortiori* un mois de douceur et d'azalées ? Alors qu'à la féminité, on ne dédiait pas même un fanion, pas même un jour !

Je donnai un coup de pied dans le mât, qui ne manifesta aucune réaction.

Je n'étais plus si sûre d'aimer le mois de mai. D'ailleurs, les cerisiers du Japon avaient perdu leurs fleurs : il y avait eu comme un automne de printemps. Une fraîcheur s'était fanée que je n'avais pas vue ressusciter deux buissons plus loin.

Mai méritait bien d'être le mois des garçons : c'était un mois de déclin.

Je demandai à voir de vraies carpes, comme un empereur eût exigé de voir un véritable éléphant.

Rien de plus simple, au Japon, que de voir des carpes, *a fortiori* en mai. C'est un spectacle difficile à éviter. Dans un jardin public, dès qu'il y a un point d'eau, il contient des carpes. Les *koï* ne servent pas à être mangées — le *sashimi* en serait d'ailleurs un cauchemar — mais à être observées et admirées. Aller au parc les contempler est une activité aussi civilisée que d'aller au concert.

Nishio-san m'emmena à l'arboretum du Futatabi. Je marchais le nez en l'air, effarée par la splendeur immense des cryptomères, épouvantée par leur âge : j'avais deux ans et demi, eux deux cent cinquante ans — ils étaient, à la lettre, cent fois plus vieux que moi.

Le Futatabi était un sanctuaire végétal. Même en vivant au cœur de la beauté, ce qui était mon cas, on ne pouvait qu'être subjuguée par la superbe de cette nature arrangée. Les arbres semblaient conscients de leur prestige.

Nous arrivâmes à la pièce d'eau. Je distinguai un grouillement de couleurs. De l'autre côté de l'étang, un bonze vint jeter des granules : je vis les carpes sauter pour les attraper. Certaines étaient énormes. C'était un jaillissement irisé qui allait du bleu acier à l'orange en passant par le blanc, le noir, l'argent et l'or.

En plissant les yeux, on pouvait ne voir que leurs coloris étincelants à la lumière et s'en émerveiller. Mais en ouvrant son regard, on ne pouvait faire abstraction de leur épaisse silhouette de poissons-divas, de prêtresses surnourries de la pisciculture.

Au fond, elles ressemblaient à des Castafiore muettes, obèses et vêtues de fourreaux chatoyants. Les vêtements multicolores soulignent le ridicule des boudins, comme les tatouages bariolés font ressortir la graisse des gros lards. Il n'y avait pas plus disgracieux que ces carpes. Je n'étais pas mécontente qu'elles fussent le symbole des garçons.

— Elles vivent plus de cent ans, me dit Nishio-san sur le ton du plus grand respect.

Je n'étais pas si sûre qu'il y ait de quoi se vanter. La longévité n'était pas une fin en soi. Vivre très longtemps, de la part du cryptomère, c'était donner sa juste ampleur à une noblesse magnifique, c'était lui laisser le temps d'asseoir son règne, de susciter l'admiration et la crainte révérencieuse dues à un tel monument de force et de patience.

Etre centenaire, pour une carpe, c'était se vautrer dans une durée adipeuse, c'était laisser moisir sa chair vaseuse de poisson d'eau stagnante. Il y a encore plus dégoûtant que la jeune graisse : c'est la vieille graisse.

Je gardai mon opinion pour moi. Nous rentrâmes à la maison. Nishio-san assura aux miens que j'avais beaucoup aimé les carpes. Je ne démentis pas, fatiguée à l'idée de leur exposer mes vues.

André, Hugo, Juliette et moi prenions le bain ensemble. Les deux garnements malingres ressemblaient à tout sauf à des carpes. Ça ne les empêchait pas d'être moches. C'était peut-être ça, le point commun à l'origine de cette symbolique : avoir quelque chose de vilain. Les filles n'eussent pas pu être représentées par un animal répugnant.

Je demandai à ma mère de m'emmener à l'« apouarium » (j'étais bizarrement incapable de prononcer aquarium) de Kobé, l'un des plus réputés au monde. Mes parents s'étonnèrent de cette passion ichtyologique.

Je voulais seulement voir si tous les poissons étaient aussi laids que les carpes. J'observai longtemps la faune des vastes bassins verrés : je découvris des animaux plus charmants et gracieux les uns que les autres. Certains étaient fantasmagoriques comme de l'art abstrait. Un créateur se fût régalé de tant d'élégance importable et cependant portée.

Ma conclusion fut sans appel : de tous les poissons, le plus nul — le seul à être nul — était la carpe. Je ricanai à part moi. Ma mère me vit jubiler : « Cette petite fera de la biologie sous-marine », décréta-t-elle avec sagacité.

Les Japonais avaient eu raison de choisir cette bête pour emblème du sexe moche.

J'aimais mon père, je tolérais Hugo — il m'avait quand même sauvé la vie — mais je tenais mon frère pour la pire des nuisances. L'unique ambition de son existence semblait de me persécuter : il y prenait un tel plaisir que c'était pour lui une fin en soi. Quand il m'avait fait enrager pendant des heures, il avait réussi sa journée. Il paraît que tous les grands frères sont ainsi : peut-être faudrait-il les exterminer.

Avec juin arriva la chaleur. Je vivais désormais dans le jardin, ne le quittant, à regret, que pour dormir. Dès le premier jour du mois, on avait retiré le mât et le drapeau poissonneux : les garçons n'étaient plus à l'honneur. C'était comme si l'on avait déboulonné la statue de quelqu'un que je n'aimais pas. Plus de carpe dans le ciel. Juin me fut d'emblée sympathique.

La température autorisait à présent les spectacles en plein air. On m'annonça que nous étions tous conviés à aller écouter chanter mon père.

— Papa chante ?

— Il chante le *nô*.

— C'est quoi ?

— Tu verras.

Je n'avais jamais entendu mon père chanter : il s'isolait pour ses exercices, ou alors il les faisait à son école, auprès de son maître de *nô*.

Vingt ans plus tard, j'appris par quel singulier hasard l'auteur de mes jours, que rien ne prédisposait à une carrière lyrique, était devenu chanteur de *nô*. Il avait débarqué à Osaka en 1967, en tant que consul de Belgique. C'était son premier poste asiatique et ce jeune diplomate de trente ans avait eu pour ce pays un coup de foudre réciproque. Le Japon devint et demeura l'amour de sa vie.

Avec l'enthousiasme du néophyte, il voulait découvrir toutes les merveilles de l'Empire. Comme il ne parlait pas encore la langue, une brillante interprète nippone l'escortait partout. Elle lui tenait lieu aussi de guide et d'initiatrice aux diverses formes d'arts nationaux. Voyant combien il était ouvert d'esprit, elle eut l'idée de lui montrer l'un des joyaux les moins accessibles de la culture traditionnelle : le *nô*. A l'époque, les Occidentaux y étaient aussi fermés qu'ils étaient favorables au *kabuki*.

Elle l'emmena donc au sein d'une vénérable école de *nô* du Kansai, dont le maître était un Trésor vivant. Mon père eut l'impression de se retrouver mille ans en arrière. Ce sentiment s'aggrava quand il entendit le *nô* : au premier abord, il crut que c'étaient des borborygmes issus du fond des âges. Il éprouva le genre de malaise hilare qu'inspirent les reconstitutions de scènes préhistoriques dans les musées.

Peu à peu, il comprit que c'était le contraire, qu'il avait affaire à la sophistication même et qu'il n'y avait pas plus stylisé et civilisé. De là à trouver cela beau, il y avait un pas qu'il ne pouvait encore franchir.

Malgré ces décibels étranges qui l'effaraient, il conserva l'expression avenante et charmée d'un vrai diplomate. Au terme de la mélopée, qui bien entendu s'étendit durant des heures, il n'afficha pas l'ombre de l'ennui qu'il avait ressenti.

Entre-temps, sa présence avait provoqué la perplexité de l'école entière. Le vieux maître de *nô* finit par venir au-devant de lui pour lui dire :

— Honorable hôte, c'est la première fois qu'un étranger pénètre ces lieux. Puis-je solliciter votre opinion sur les chants que vous avez entendus ?

L'interprète fit son office.

Confondu d'ignorance, mon père hasarda de gentils clichés sur l'importance de la culture ancestrale, la richesse du patrimoine artistique de ce pays et autres sottises plus touchantes les unes que les autres.

Consternée, l'interprète décida de ne pas traduire une réponse aussi bête. Cette Japonaise lettrée substitua donc son propre avis à celui de l'auteur de mes jours et l'exprima en des mots choisis.

Au fur et à mesure qu'elle « traduisait », le vieux maître écarquillait les yeux de plus en plus. Quoi ! Ce Blanc ingénu, qui venait à peine de débarquer et qui écoutait du *nô* pour la première fois, avait déjà compris l'essence et la subtilité de cet art suprême !

En un geste invraisemblable de la part d'un Nippon, *a fortiori* d'un Trésor vivant, il prit la main de l'étranger avec solennité et lui dit :

— Honorable hôte, vous êtes un mage ! Un être exceptionnel ! Vous devez devenir mon élève !

Et comme mon père est un excellent diplomate, il répondit aussitôt, par le truchement de la dame :

— C'était mon souhait le plus cher.

Il ne mesura pas d'emblée les conséquences de sa politesse, supposant qu'elle resterait lettre morte. Mais le vieux maître, sans attendre, lui ordonna de venir prendre sa première leçon à l'école, le surlendemain, à sept heures du matin.

Un homme sain d'esprit eût tout fait annuler le lendemain même par un coup de téléphone de sa secrétaire. L'auteur de mes jours, lui, se leva à l'aube du surlendemain et vint à l'heure fixée. Le vénérable professeur n'en parut pas le moins du monde étonné et lui prodigua son âpre enseignement sans l'ombre d'une indulgence, considérant qu'une aussi grande âme méritait l'honneur d'être traitée à la dure.

A la fin de la leçon, mon pauvre père était vanné.

— Très bien, commenta le vieux maître. Revenez demain matin à la même heure.

— C'est que... je commence à travailler à huit heures trente au consulat.

— Aucun problème. Venez donc à cinq heures du matin.

Effondré, l'élève obéit. Il vint à l'école chaque matin à cette heure inhumaine pour un homme qui avait déjà un métier astreignant, sauf les week-ends où il pouvait se permettre de commencer son cours à sept heures du matin, ce qui constituait un luxe de paresse.

Le disciple belge se sentait écrasé par ce monument de civilisation nippone auquel on tentait de l'incorporer. Lui qui, avant son arrivée au Japon, aimait le football et le cyclisme, se demandait par quelle saumâtre bévue du hasard il se retrouvait à sacrifier son existence sur l'autel d'un art aussi abscons. Cela lui convenait aussi peu que le jansénisme à un bon vivant ou l'ascèse à un goinfre.

Il se trompait. Le vieux maître avait eu

parfaitement raison. Il ne tarda pas à débusquer, au fond de la large poitrine de l'étranger, un organe de premier ordre.

— Vous êtes un chanteur remarquable, dit-il à mon père qui entre-temps avait appris le japonais. Je vais donc compléter votre formation et vous apprendre à danser.

— A danser... ? Mais, honorable maître, regardez-moi ! balbutia le Belge en montrant son épaisse silhouette pataude.

— Je ne vois pas où est le problème. Nous commencerons la leçon de danse demain matin, à cinq heures.

Le lendemain, au terme du cours, ce fut au tour du professeur d'être consterné. En trois heures, malgré sa patience, il ne parvint pas à arracher à l'auteur de mes jours le moindre mouvement qui ne fût navrant de gaucherie et de balourdise.

Poli et attristé, le Trésor vivant conclut par ces mots :

— Nous allons faire une exception pour vous. Vous serez un chanteur de *nô* qui ne dansera pas.

Plus tard, mort de rire, le vieux maître ne manquerait pas de raconter à ses choristes à quoi ressemblait un Belge qui apprenait la danse de l'éventail.

Le piètre danseur devint cependant un artiste sinon époustouflant, du moins appréciable. Comme il était le seul étranger au monde à posséder ce talent, il devint célèbre au Japon sous le nom qui lui est resté : « le chanteur de *nô* aux yeux bleus ».

Tous les jours, durant les cinq années de son consulat à Osaka, il alla prendre, à l'aube, ses trois heures de leçon chez le vénérable professeur. Il se noua entre eux deux le lien magnifique d'amitié et d'admiration qui unit, au pays du Soleil-Levant, le disciple au *sensei*.

A deux ans et demi, je ne savais rien de cette histoire. Je n'avais aucune idée de la façon dont mon père occupait ses journées. Le soir, il rentrait à la maison. J'ignorais d'où il venait.

— Qu'est-ce qu'il fait, Papa ? demandai-je un jour à ma mère.

— Il est consul.

Encore un mot inconnu dont je finirais bien par trouver la signification.

Vint l'après-midi du spectacle annoncé. Ma mère emmena au temple Hugo et ses trois enfants. La scène rituelle du *nô* avait été installée en plein air dans le jardin du sanctuaire.

Comme les autres spectateurs, nous reçûmes chacun un coussin dur pour nous y agenouiller. L'endroit était très beau et je me demandais bien ce qui allait se passer.

L'opéra commença. Je vis mon père entrer sur scène avec l'extrême lenteur requise. Il portait un costume superbe. Je ressentis une grande fierté d'avoir un géniteur aussi bien vêtu.

Puis il se mit à chanter. Je réprimai une expression de terreur. Quels étaient donc ces sons bizarres et effrayants qui sortaient de son ventre ? Quelle était cette langue incompréhensible ? Pourquoi la voix paternelle s'était-elle transformée en cette plainte méconnaissable ? Que lui était-il arrivé ? J'avais envie de pleurer, comme devant un accident.

— Qu'est-ce qu'il a, Papa ? chuchotai-je à ma mère qui m'ordonna de me taire.

Etait-ce chanter ? Quand Nishio-san me chantait des comptines, ça me plaisait. Là, les bruits qui sortaient de la bouche de mon père, je ne savais si ça me plaisait ; je savais seulement que ça m'épouvantait, que je paniquais, que j'aurais voulu être ailleurs.

Plus tard, bien plus tard, j'ai appris à aimer le *nô*, à l'adorer, comme l'auteur de mes jours qui eut besoin d'apprendre à le chanter pour l'aimer à la folie. Mais un spectateur inculte et sincère qui entend du *nô* pour la première fois ne peut éprouver qu'un profond malaise, comme l'étranger qui mange pour la première fois l'âpre prune marinée au sel du petit déjeuner traditionnel japonais.

Je vécus un après-midi redoutable. A la peur initiale succéda l'ennui. L'opéra dura quatre heures, pendant lesquelles il n'arriva strictement rien. Je me demandai pourquoi nous étions là. Je ne semblais pas la seule à me poser cette question. Hugo et André montraient qu'ils s'emmerdaient. Quant à Juliette, elle s'était carrément endormie sur son coussin. J'enviais cette bienheureuse. Même ma mère avait du mal à réprimer quelques bâillements.

Mon père, agenouillé pour ne pas danser, psalmodiait son interminable mélopée. Je me demandais ce qu'il se passait dans sa tête. Autour de moi, le public japonais l'écoutait avec impassibilité, signe qu'il chantait bien.

Au coucher du soleil, le spectacle s'acheva enfin. L'artiste belge se leva et quitta la scène beaucoup plus vite que la tradition ne l'autorisait, et ce pour une raison technique : pour un corps nippon, rester à genoux pendant des heures ne pose aucun problème, alors que les jambes paternelles s'étaient profondément endormies. Il n'avait pas d'autre choix que de courir vers les coulisses pour s'y effondrer à l'abri des regards. De toute façon, au *nô*, le chanteur ne revient pas sur scène récolter les applaudissements, lesquels sont d'ailleurs toujours aussi peu nourris. Ovationner un artiste qui viendrait saluer eût paru du dernier vulgaire.

Le soir, mon père me demanda ce que j'avais pensé de la représentation. Je répondis par une question :

— C'est ça, être consul ? C'est chanter ?

Il rit.

— Non, ce n'est pas ça.

— C'est quoi, alors, consul ?

— C'est difficile à expliquer. Je te dirai quand tu seras plus grande.

« Ça cache quelque chose », pensai-je. Il devait avoir des activités compromettantes.

Quand j'avais un *Tintin* ouvert sur les genoux, personne ne savait que je lisais. On croyait que je me contentais de regarder les images. En secret, je lisais la Bible. L'Ancien Testament était incompréhensible mais, dans le Nouveau, il y avait des choses qui me parlaient.

J'adorais le passage où Jésus pardonne à Marie Madeleine, même si je ne comprenais pas la nature de ses péchés, mais ce détail m'indifférait ; j'aimais qu'elle se jette à ses genoux et qu'elle lui frotte les pieds avec ses longs cheveux. J'aurais voulu qu'on me fasse cela.

La chaleur monta en flèche. Juillet commença avec la saison humide. Il se mit à pleuvoir presque tous les jours. La pluie, tiède et belle, me séduisit d'emblée.

J'adorais rester des journées entières sur la terrasse, à regarder le ciel s'acharner sur

99

la terre. Je jouais à l'arbitre de ce match cosmogonique, comptant les points. Les nuages étaient beaucoup plus impressionnants que le sol et pourtant ce dernier finissait toujours par l'emporter car il était le grand champion de la force d'inertie. Quand il voyait arriver les superbes nuées chargées d'eau, il ruminait son leitmotiv :

— Vas-y, rosse-moi, envoie-moi ton stock de munitions, mets-y la gomme, aplatis-moi, je ne dirai rien, je ne gémirai pas, il n'y a personne qui encaisse comme moi, et quand tu n'existeras même plus pour m'avoir trop craché dessus, moi, je serai encore là.

Parfois, je quittais mon abri pour venir me coucher sur la victime et partager son sort. Je choisissais le moment le plus fascinant, celui de l'averse — le pugilat ultime, la phase du combat où le tueur frappe à la gueule au rythme de la grêle, sans s'arrêter, en un fracas retentissant de carcasse qui éclate.

J'essayais de garder les yeux ouverts pour regarder l'ennemi en face. Sa beauté était effarante. J'étais triste de savoir qu'il perdrait tôt ou tard. Dans ce duel, j'avais choisi mon camp : j'étais vendue à l'adversaire. Même si j'habitais la Terre, j'étais pour les nuages : ils étaient tellement plus séduisants. Je n'hésiterais pas à trahir pour eux.

Nishio-san venait me chercher pour me forcer à me mettre à l'abri sous le toit de la terrasse.

— Tu es folle, tu vas tomber malade.

Pendant qu'elle enlevait mes vêtements trempés et me frictionnait dans un linge, je regardais le rideau d'eau qui continuait son œuvre pléonastique : terrasser la Terre. J'avais l'impression d'habiter un gigantesque *carwash*.

Il pouvait arriver que la pluie l'emporte. Cette victoire provisoire s'appelait inondation.

Le niveau d'eau monta dans le quartier. Ce genre de phénomène se produisait chaque été, dans le Kansai, et n'était pas considéré comme une catastrophe : c'était un rituel prévu et en vue duquel on s'organisait, en laissant par exemple les *ô-miso* (les honorables caniveaux) grands ouverts dans les rues.

En voiture, il fallait rouler lentement afin d'éviter les trop fortes projections. J'avais l'impression d'être en bateau. La saison des pluies me ravissait à plus d'un titre.

Le Petit Lac Vert avait presque doublé d'étendue, engloutissant les azalées des environs. J'avais deux fois plus de place pour nager et je trouvais délicieusement étrange d'avoir parfois un buisson fleuri sous le pied.

Un jour, profitant d'une accalmie passagère, mon père voulut se promener dans le quartier.

— Tu viens avec moi ? demanda-t-il en me tendant la main.

Ça ne se refusait pas.

Nous partîmes donc tous les deux marcher dans les ruelles inondées. J'adorais me promener avec mon père qui, perdu dans ses pensées, me laissait faire les bêtises que je voulais. Jamais ma mère ne m'eût autorisée à sauter à pieds joints dans les torrents du bord de la rue, mouillant ma robe et le pantalon paternel. Lui, il ne s'en apercevait même pas.

C'était un vrai quartier japonais, calme et beau, bordé de murs coiffés de tuiles nippones, avec les ginkgos qui dépassaient des jardins. Au loin, la ruelle se transformait en un chemin qui serpentait dans la montagne vers le Petit Lac Vert. C'était mon univers : il m'y fut donné, pour la seule fois de mon existence, de m'y sentir profondément chez moi. J'avais le bras en l'air pour tenir la main paternelle. Tout était à sa place, à commencer par moi, quand je m'aperçus que ma main était vide.

Je regardai à côté de moi : il n'y avait plus personne. La seconde d'avant, j'en étais sûre, il y avait là mon père. Il avait suffi que je détourne la tête un instant et il s'était dématérialisé. Je n'avais même pas remarqué le moment où il avait lâché ma main.

Une angoisse sans nom s'empara de moi : comment un homme pouvait-il se volatiliser ainsi ? Les êtres étaient-ils des choses si précaires que l'on puisse les perdre sans motif et sans explication ? En un clin d'œil, un tel monument humain pouvait-il disparaître ?

Soudain, j'entendis la voix paternelle qui m'appelait — d'outre-tombe, à n'en pas douter, car j'avais beau regarder autour de moi, il n'était pas là. Sa voix semblait traverser un monde avant de me parvenir.

— Papa, où es-tu ?

— Je suis là, répondit-il calmement.

— Où, là ?

— Ne bouge pas. Ne va surtout pas là où j'étais.

— Où étais-tu ?

— A un mètre de toi, sur ta droite.

— Que t'est-il arrivé ?

— Je suis en dessous de toi. Il y avait un caniveau ouvert, je suis tombé dedans.

Je regardai à côté de moi. Au milieu de la rue transformée en rivière, on ne distinguait aucune trappe. Mais à bien observer, on y voyait comme un tourbillon qui devait signaler l'ouverture des égouts.

— Tu es dans le *miso*, Papa ? demandai-je avec hilarité.

— Oui, ma chérie, dit-il sereinement afin de ne pas m'affoler.

Il avait tort : il eût mieux fait de me paniquer. Je n'étais pas effrayée pour deux sous. Je trouvais cet épisode du plus haut comique et ne voyais pas où était le danger. Je fixais le trou d'eau qui l'avait englouti, m'émerveillant qu'il puisse me parler à travers ce rempart liquide : j'aurais voulu le rejoindre pour voir comment était son logis aquatique.

— Tu es bien, là où tu es, Papa ?

— Ça va. Rentre à la maison, et dis à Maman que je suis dans les égouts, d'accord ? me demanda-t-il avec tant de sang-froid que je ne compris pas l'urgence de ma mission.

— J'y vais.

Je tournai les talons et me mis à folâtrer.

En chemin, je m'arrêtai, frappée par une évidence : et si c'était ça, le métier de mon père ? Mais oui, bien sûr ! Consul, ça voulait dire égoutier. Il n'avait pas voulu me l'expliquer parce qu'il n'était pas fier de sa profession. Ce cachottier !

Je rigolai : j'avais enfin éclairci le mystère des activités paternelles. Il partait tôt chaque matin et revenait le soir sans que je sache où il allait. Désormais, j'étais au courant : il passait ses journées dans les canalisations.

A la réflexion, j'étais contente que mon père fasse un travail en rapport avec l'eau — car, pour être de l'eau sale, ce n'en était pas moins de l'eau, mon élément ami, celui qui me ressemblait le plus, celui dans lequel je me sentais le mieux, même si j'avais failli m'y noyer. N'était-il pas logique, d'ailleurs, que j'aie risqué de mourir dans celui des éléments qui parlait le mieux ma langue ? Je ne savais pas encore que les amis étaient les meilleurs traîtres en puissance mais je savais que les choses les plus séduisantes étaient forcément les plus dangereuses, comme se pencher trop par la fenêtre ou se coucher au milieu de la rue.

Ces intéressantes pensées effacèrent jusqu'au souvenir de la mission que m'avait donnée l'égoutier. Je me mis à jouer au bord de la ruelle, à sauter à pieds joints dans de véritables fleuves en chantant des chansons de mon invention ; j'aperçus sur un mur un chat qui n'osait pas traverser de peur de se mouiller : je le pris dans mes bras et le posai sur le mur d'en face, non sans lui tenir un discours sur les plaisirs de la natation et les bienfaits qu'il en retirerait. Le matou s'enfuit sans me remercier.

Mon père avait choisi une drôle de manière de me révéler son métier. Plutôt que de me l'expliquer, il m'avait emmenée sur son lieu de travail au fond duquel il s'était jeté en cachette, afin de mieux ménager ses effets. Sacré Papa ! Ce devait être là, aussi, qu'il répétait ses leçons de *nô*, c'était pour cela que je ne l'avais jamais entendu chanter.

Assise sur le trottoir, je fabriquai un bateau en feuilles de ginkgo et le lâchai dans le courant. Je le poursuivis en trottinant. Bizarres, ces Nippons qui avaient besoin d'un Belge pour leurs égouts ! Sans doute était-ce en Belgique qu'on trouvait les égoutiers les plus éminents. Enfin, tout ceci n'avait pas beaucoup d'importance. Le mois prochain, ce serait mon anniversaire de trois ans : si seulement je pouvais recevoir cet éléphant en peluche ! J'avais multiplié les allusions pour que les parents comprennent mon souhait, mais ces gens-là étaient parfois bouchés.

S'il n'y avait pas eu l'inondation, j'aurais joué à mon jeu préféré, que j'appelais le défi : cela consistait à se coucher au milieu de la rue, à chanter une chanson dans sa tête et à rester là jusqu'à la fin de la rengaine, sans bouger, quoi qu'il arrive. Je m'étais toujours demandé si je serais restée, en cas de passage d'une voiture : aurais-je eu le cran de ne pas quitter mon poste ? Mon cœur battait très fort à cette idée.

Hélas, les rares fois que j'avais échappé à la surveillance adulte pour jouer au défi, il n'était venu aucun véhicule. Je n'avais donc pas eu la réponse à ma question scientifique.

Après ces multiples aventures mentales, physiques, souterraines et navales, j'arrivai à la maison. Je m'installai sur la terrasse et me mis à faire tourner ma toupie avec acharnement. Je ne sais pas combien de temps s'écoula de cette manière.

Ma mère finit par me voir.

— Ah, vous êtes rentrés, dit-elle.

— Je suis rentrée seule.

— Où est donc resté ton père ?

— Il est à son travail.

— Il est allé au consulat ?

— Il est dans les égouts. Même qu'il m'avait demandé de te le dire.

— Quoi ?

Ma mère sauta dans la voiture en m'ordonnant de la guider jusqu'à l'égout en question.

— Enfin, vous voilà ! gémit l'égoutier.

Comme elle ne parvenait pas à le hisser à la surface, elle appela à la rescousse quelques voisins, dont l'un eut la bonne idée de prendre une corde. Il la jeta dans le *miso*. Mon père fut tracté par quelques fiers-à-bras. Un attroupement s'était constitué pour voir émerger le Belge anadyomène.

Cela valait le détour : comme il y a des bonshommes de neige, on eût cru un bonhomme de boue. L'odeur n'était pas mal non plus.

Vu l'étonnement général, je compris que l'auteur de mes jours n'était pas égoutier et que j'avais assisté à un accident. J'en éprouvai une certaine déception, non seulement parce que j'avais trouvé plaisante l'idée d'avoir de la famille dans les eaux usées, mais aussi parce que je retournais à la case départ dans mon élucidation du sens du mot « consul ».

La consigne fut de ne plus se promener à pied à travers les rues avant la fin du déluge.

L'idéal, quand il pleut sans cesse, c'est encore d'aller nager. Le remède contre l'eau, c'est beaucoup d'eau.

Je passais désormais ma vie au Petit Lac Vert. Nishio-san m'y accompagnait chaque jour, cramponnée à son parapluie : elle n'avait pas renoncé à défendre le parti du sec. Moi, d'entrée de jeu, j'avais choisi le parti opposé : je quittais la maison en maillot de bain pour être mouillée avant de nager. Ne jamais avoir le temps de sécher, telle était ma devise.

Je plongeais dans le lac et n'en sortais plus. Le moment le plus beau était l'averse :

108

je remontais alors à la surface pour faire la planche et recevoir la sublime douche perpendiculaire. Le monde me tombait sur le corps entier. J'ouvrais la bouche pour avaler sa cascade, je ne refusais pas une goutte de ce qu'il avait à m'offrir. L'univers était largesse et j'avais assez de soif pour le boire jusqu'à la dernière gorgée.

L'eau en dessous de moi, l'eau au-dessus de moi, l'eau en moi — l'eau, c'était moi. Ce n'était pas pour rien que mon prénom, en japonais, comportait la pluie. A son image, je me sentais précieuse et dangereuse, inoffensive et mortelle, silencieuse et tumultueuse, haïssable et joyeuse, douce et corrosive, anodine et rare, pure et saisissante, insidieuse et patiente, musicale et cacophonique — mais au-delà de tout, avant d'être quoi que ce fût d'autre, je me sentais invulnérable.

On pouvait se protéger de moi en restant sous un toit ou un parapluie sans que cela me perturbe. A court ou à long terme, rien ne pouvait m'être imperméable. On pouvait toujours me recracher ou se blinder contre moi, je finirais néanmoins par m'infiltrer. Même dans le désert, on ne pouvait être absolument sûr de ne pas me rencontrer — et on pouvait être absolument sûr d'y penser à moi. On pouvait me maudire en me regardant continuer à tomber au quarantième jour du déluge sans que cela m'affecte davantage.

Du haut de mon expérience antédiluvienne, je savais que pleuvoir était un sommet de jouissance. Certaines personnes avaient remarqué qu'il était bon de m'accepter, de se laisser inonder par moi sans chercher à me résister. Mais le mieux, c'était carrément d'être moi, d'être la pluie : il n'y avait pas plus grande volupté que de se déverser, crachin ou averse, de fouetter les visages et les paysages, de nourrir les sources ou déborder les fleuves, de gâcher les mariages et fêter les enterrements, de s'abattre à profusion, don ou malédiction du ciel.

Mon enfance pluvieuse s'épanouissait au Japon comme un poisson dans l'eau.

Lassée par mes interminables noces avec mon élément, Nishio-san finissait par m'appeler :

— Sors du lac ! Tu vas fondre !

Trop tard. J'avais déjà fondu depuis longtemps.

Août. « *Mushiatsui* », se plaignait Nishio-san. En effet, la chaleur était celle d'une étuve. Liquéfactions et sublimations se succédaient à un rythme insoutenable. Mon

110

corps amphibie se réjouissait. Il était bien le seul.

Mon père trouvait infernal de chanter par cette chaleur. Lors des représentations en pleine nature, il espérait la pluie afin qu'elle interrompît le spectacle. Je l'espérais aussi, non seulement parce que ces heures de *nô* m'accablaient d'ennui, mais surtout pour la joie de l'averse. Le grondement du tonnerre, dans la montagne, était le plus beau bruit du monde.

Je jouais à mentir à ma sœur. Tout était bon pourvu que ce fût inventé.

— J'ai un âne, lui déclarai-je.

Pourquoi un âne ? La seconde d'avant, je ne savais pas ce que j'allais dire.

— Un vrai âne, poursuivis-je au hasard, avec un grand courage face à l'inconnu.

— Qu'est-ce que tu racontes ? finit par dire Juliette.

— Oui, j'ai un âne. Il vit dans une prairie. Je le vois quand je vais au Petit Lac Vert.

— Il n'y a pas de prairie.

— C'est une prairie secrète.

— Il est comment, ton âne ?

— Gris, avec de longues oreilles. Il s'appelle Kaniku, inventai-je.

— Comment sais-tu qu'il s'appelle comme ça ?

— C'est moi qui lui ai donné ce nom.

— Tu n'as pas le droit. Il n'est pas à toi.

— Si, il est à moi.

— Comment sais-tu qu'il est à toi et pas à quelqu'un d'autre ?

— Il me l'a dit.

Ma sœur s'esclaffa.

— Menteuse ! Les ânes, ça ne parle pas.

Zut. J'avais oublié ce détail. Je m'obstinai néanmoins :

— C'est un âne magique qui parle.

— Je ne te crois pas.

— Tant pis pour toi, conclus-je avec hauteur.

Je me répétai intérieurement : « La prochaine fois, je dois me rappeler que les animaux, ça ne parle pas. »

Je me lançai à nouveau :

— J'ai un cancrelat.

Pour des raisons qui m'échappèrent, ce mensonge-là ne produisit aucun effet.

J'essayai une vérité, pour voir :

— Je sais lire.

— C'est ça.

— C'est vrai.

— Mais oui, mais oui.

Bon. La vérité, ça ne marchait pas non plus.

Sans me désespérer, je poursuivis ma quête de crédibilité :

— J'ai trois ans.

— Pourquoi tu mens tout le temps ?

— Je ne mens pas. J'ai trois ans.

— Dans dix jours !

— Oui. J'ai presque trois ans.

— Presque, c'est pas trois ans. Tu vois, tu mens tout le temps.

Il fallait que je me fasse à cette idée : je n'étais pas crédible. Ce n'était pas grave. Au fond, cela m'était égal, qu'on me croie ou non. Je continuerais à inventer, pour mon plaisir.

Je me mis donc à me raconter des histoires. Moi au moins, je croyais à ce que je me disais.

Personne dans la cuisine : une occasion à ne pas manquer. Je sautai sur la table et commençai l'ascension de la face nord du rangement à provisions. Un pied sur la boîte de thé, l'autre sur le paquet de petits-beurre, la main s'agrippant au crochet de la louche, je finirais bien par trouver le trésor de guerre, l'endroit où ma mère cachait le chocolat et les caramels.

Un coffret de fer-blanc : mon cœur se mit à battre la chamade. Le pied gauche dans le sac à riz et le pied droit sur les algues séchées, je fis exploser la serrure à la dynamite de ma convoitise. J'ouvris et découvris, yeux écarquillés, les doublons de cacao, les perles de sucre, les rivières de chewing-gum, les diadèmes de réglisse et les bracelets de marshmallow. Le butin. Je m'apprêtais à y planter mon drapeau et à contempler ma victoire du haut de cet Himalaya de sirop de glucose et d'anti-oxydant E428 quand j'entendis des pas.

Panique. Laissant mes pierres précieuses au sommet de l'armoire, je descendis en rappel et je me cachai sous la table. Les pieds arrivèrent : je reconnus les pantoufles de Nishio-san et les *geta* de Kashima-san.

Cette dernière s'assit pendant que la plus jeune chauffait de l'eau pour le thé. Elle lui donnait des ordres comme à une esclave et, non contente de sa domination, elle lui disait des choses terribles :

— Ils te méprisent, c'est clair.

— Ce n'est pas vrai.

— Ça crève les yeux. La femme belge te parle comme à une subalterne.

— Il y a une seule personne qui me parle comme à une subalterne ici : c'est toi.

— Normal : tu es une subalterne. Moi, je ne suis pas hypocrite.

— Madame n'est pas hypocrite.

— Cette façon que tu as de l'appeler madame, c'est ridicule.

— Elle m'appelle Nishio-san. L'équivalent, dans sa langue, c'est madame.

— Quand tu as le dos tourné, tu peux être sûre qu'elle t'appelle la bonniche.

— Qu'est-ce que tu en sais ? Tu ne parles pas français.

— Les Blancs ont toujours méprisé les Japonais.

— Pas eux.

— Que tu es sotte !

— Monsieur chante le *nô* !

— « Monsieur » ! Tu ne vois pas que l'homme belge fait ça pour se moquer de nous ?

— Il se lève chaque matin avant l'aurore pour aller à sa leçon de chant.

— C'est normal qu'un soldat se réveille tôt pour défendre son pays.

— C'est un diplomate, pas un soldat.

— On a bien vu à quoi ils servaient, les diplomates, en 1940.

— On est en 1970, Kashima-san.

— Et alors ? Rien n'a changé.

— Si ce sont tes ennemis, pourquoi travailles-tu pour eux ?

— Je ne travaille pas. Tu n'as pas remarqué ?

— Si, j'ai remarqué. Mais tu acceptes leur argent.

— C'est peu à côté de ce qu'ils nous doivent.

— Ils ne nous doivent rien.

— Ils nous ont pris le plus beau pays du monde. Ils l'ont tué en 1945.

— Nous avons quand même fini par gagner. Notre pays est plus riche que le leur à présent.

— Notre pays n'est plus rien comparé à ce qu'il était avant-guerre. Tu n'as pas connu ce temps-là. Il y avait de quoi être fier d'être japonais à cette époque.

— Tu dis ça parce que tu parles de ta jeunesse. Tu idéalises.

— Il ne suffit pas de parler de sa jeunesse
pour que ce soit beau. Toi, si tu parlais de
la tienne, ce serait misérable.

— En effet. C'est parce que je suis
pauvre. Avant-guerre, je l'aurais été aussi.

— Avant, il y avait de la beauté pour tout
le monde. Pour les riches et pour les
pauvres.

— Qu'est-ce que tu en sais ?

— Aujourd'hui, il n'y a plus de beauté
pour personne. Ni pour les riches ni pour
les pauvres.

— La beauté n'est pas difficile à trouver.

— Ce sont des restes. Ils sont condamnés
à disparaître. C'est la décadence du Japon.

— J'ai déjà entendu ça quelque part.

— Je sais ce que tu penses. Même si tu
n'es pas de mon avis, tu ferais bien de
t'inquiéter. Tu n'es pas aussi aimée que tu
le crois, ici. Tu es bien naïve si tu ne vois pas
le mépris qui se cache derrière leur sourire.
C'est normal. Les gens de ton milieu ont tellement l'habitude d'être traités comme des
chiens qu'ils ne le remarquent même plus.
Moi, je suis une aristocrate : je sens si l'on
me manque de respect.

— Ils ne te manquent vraiment pas de
respect, ici.

— A moi, non. Je leur ai signifié qu'ils

n'avaient pas intérêt à me confondre avec toi.

— Le résultat, c'est que je fais partie de la famille et pas toi.

— Tu es trop bête, toi, de croire des choses pareilles.

— Les enfants m'adorent, surtout la petite.

— Evidemment ! A cet âge-là, ce sont des chiots ! Si tu donnes à manger à un chiot, il t'aime !

— Je les aime, ces chiots.

— Si tu veux faire partie d'une famille de chiens, tant mieux pour toi. Mais ne t'étonne pas si, un jour, ils te traitent comme un chien, toi aussi.

— Que veux-tu dire ?

— Je me comprends, dit Kashima-san en posant son bol de thé sur la table, comme pour clore la discussion.

Le lendemain, Nishio-san annonça à mon père qu'elle démissionnait.

— J'ai trop de travail, je suis fatiguée. Il faut que je rentre à la maison m'occuper des jumelles. Mes filles n'ont que dix ans, elles ont encore besoin de moi.

Mes parents, effondrés, ne purent qu'accepter.

J'allai me suspendre au cou de Nishio-san :

— Ne pars pas ! Je t'en supplie !

Elle pleura mais ne changea pas de résolution. Je vis Kashima-san qui souriait en coin.

Je courus raconter à mes parents ce que j'avais compris de la scène à laquelle j'avais assisté en cachette. Mon père, furieux contre Kashima-san, alla parler à Nishio-san en privé. Je restai dans les bras de ma mère en sanglotant et en répétant convulsivement :

— Nishio-san doit rester avec moi ! Nishio-san doit rester avec moi !

Maman m'expliqua avec douceur que, de toute façon, un jour, je quitterais Nishio-san.

— Ton père ne sera pas éternellement en poste au Japon. Dans un an, ou deux ans, ou trois ans, nous partirons. Et Nishio-san ne partira pas avec nous. A ce moment, il faudra bien que tu la quittes.

L'univers s'effondra sous mes pieds. Je venais d'apprendre tant d'abominations à la fois que je ne pouvais pas même en assimiler une seule. Ma mère n'avait pas l'air de se rendre compte qu'elle m'annonçait l'Apocalypse.

Je mis du temps à pouvoir articuler un son.

— Nous n'allons pas toujours rester ici ?

— Non. Ton père sera en poste ailleurs.

— Où ?

— On ne le sait pas.

— Quand ?

— On ne le sait pas non plus.

— Non. Moi, je ne pars pas. Je ne peux pas partir.

— Tu ne veux plus vivre avec nous ?

— Si. Mais vous aussi, vous devez rester.

— Nous n'avons pas le droit.

— Pourquoi ?

— Ton père est diplomate. C'est son métier.

— Et alors ?

— Il doit obéir à la Belgique.

— Elle est loin, la Belgique. Elle ne pourra pas le punir s'il désobéit.

Ma mère rit. Je pleurai de plus belle.

— C'est une blague, ce que tu m'as dit. On ne va pas partir !

— Ce n'est pas une blague. Nous partirons un jour.

— Je ne peux pas partir ! Je dois vivre ici ! C'est mon pays ! C'est ma maison !

— Ce n'est pas ton pays !

— C'est mon pays ! Je meurs si je pars !

Je secouais la tête comme une folle. J'étais dans la mer, j'avais perdu pied, l'eau m'avalait, je me débattais, je cherchais un appui, il n'y avait plus de sol nulle part, le monde ne voulait plus de moi.

— Mais non, tu ne mourras pas.

En effet : je mourais déjà. Je venais d'apprendre cette nouvelle horrible que tout humain apprend un jour ou l'autre : ce que tu aimes, tu vas le perdre. « Ce qui t'a été donné te sera repris » : c'est ainsi que je me formulai le désastre qui allait être le leitmotiv de mon enfance, de mon adolescence et des péripéties subséquentes. « Ce qui t'a été donné te sera repris » : ta vie entière sera rythmée par le deuil. Deuil du pays bien-aimé, de la montagne, des fleurs, de la maison, de Nishio-san et de la langue que tu lui parles. Et ce ne sera jamais que le premier deuil d'une série dont tu n'imagines pas la longueur. Deuil au sens fort, car tu ne récupéreras rien, car tu ne retrouveras rien : on essaiera de te berner comme Dieu berne Job en lui « rendant » une autre femme, une autre demeure et d'autres enfants. Hélas, tu ne seras pas assez bête pour être dupe.

— Qu'est-ce que j'ai fait de mal ? sanglotai-je.

— Rien. Ce n'est pas à cause de toi. C'est comme ça.

Si au moins j'avais fait quelque chose de mal ! Si au moins cette atrocité était une punition ! Mais non. C'est comme ça parce que c'est comme ça. Que tu sois odieuse ou non n'y change rien. « Ce qui t'a été donné te sera repris » : c'est la règle.

A presque trois ans, on sait qu'on va mourir un jour. Ça n'a aucune importance : ce sera dans si longtemps que c'est comme si ça n'existait pas. Seulement, apprendre, à cet âge, que dans un, deux, trois ans, on sera chassé du jardin, sans même avoir désobéi aux consignes suprêmes, c'est l'enseignement le plus dur et le plus injuste, l'origine de tourments et d'angoisses infinis.

« Ce qui t'a été donné te sera repris » : et si tu savais ce qu'on aura le culot de te reprendre un jour !

Je me mis à hurler de désespoir.

A ce moment, mon père et Nishio-san réapparurent. Cette dernière courut me prendre dans ses bras.

— Rassure-toi, je reste, je ne pars plus, je reste avec toi, c'est fini !

Si elle m'avait dit cela un quart d'heure plus tôt, j'aurais explosé de joie. Désormais, je savais que c'était un atermoiement : le drame était remis à plus tard. Maigre consolation.

Face à la découverte de cette spoliation future, il n'y a que deux attitudes possibles : soit on décide de ne pas s'attacher aux êtres et aux choses, afin de rendre l'amputation moins douloureuse ; soit on décide, au contraire, d'aimer d'autant plus les êtres et les choses, d'y mettre le paquet — « puisque nous n'aurons pas beaucoup de temps ensemble, je vais te donner en un an tout l'amour que j'aurais pu te donner en une vie ».

Tel fut aussitôt mon choix : je refermai mes bras autour de Nishio-san et serrai son corps autant que mes forces inexistantes le permettaient. Cela ne m'empêcha pas de pleurer encore longuement.

Kashima-san passa par là et vit la scène : moi dans l'étreinte d'une Nishio-san apaisée et attendrie. Elle comprit, sinon mon espionnage, au moins le rôle affectif que j'avais joué dans cette affaire.

Elle resserra les lèvres. Je la vis me jeter un regard de haine.

Mon père me rassura un rien : notre départ du Japon n'était prévu que dans deux ou trois ans. Deux ou trois années équivalaient pour moi à la durée d'une vie : j'en avais encore pour une existence entière au pays de ma naissance. Ce fut un soulagement amer, comme ces médicaments qui apaisent la douleur sans guérir la maladie. Je suggérai à l'auteur de mes jours de changer de métier. Il me répondit que la carrière d'égoutier ne l'attirait pas trop.

Je vécus dès lors dans un sentiment de

solennité. L'après-midi même de cette révélation tragique, Nishio-san m'emmena à la plaine de jeu ; j'y passai une heure à sauter frénétiquement sur le muret du bac à sable en me répétant ces mots :

« Tu dois te souvenir ! Tu dois te souvenir !

« Puisque tu ne vivras pas toujours au Japon, puisque tu seras chassée du jardin, puisque tu perdras Nishio-san et la montagne, puisque ce qui t'a été donné te sera repris, tu as pour devoir de te rappeler ces trésors. Le souvenir a le même pouvoir que l'écriture : quand tu vois le mot "chat" écrit dans un livre, son aspect est bien différent du matou des voisins qui t'a regardée avec ses si beaux yeux. Et pourtant, voir ce mot écrit te procure un plaisir similaire à la présence du chat, à son regard doré posé sur toi.

« La mémoire est pareille. Ta grand-mère est morte mais le souvenir de ta grand-mère la rend vivante. Si tu parviens à écrire les merveilles de ton paradis dans la matière de ton cerveau, tu transporteras dans ta tête sinon leur réalité miraculeuse, au moins leur puissance.

« Désormais, tu ne vivras plus que des sacres. Les moments qui le mériteront seront revêtus d'un manteau d'hermine et couronnés en la cathédrale de ton crâne. Tes émotions seront tes dynasties. »

Vint enfin le jour de mes trois ans. C'était le premier anniversaire dont j'étais consciente. L'événement me sembla d'importance planétaire. Le matin, je m'éveillai en imaginant que Shukugawa serait en fête.

Je sautai dans le lit de ma sœur encore endormie et la secouai :

— Je veux que tu sois la première à me dire bon anniversaire.

Il me semblait qu'elle en serait très honorée. Elle maugréa bon anniversaire et se retourna d'un air mécontent.

Je quittai cette ingrate et descendis à la cuisine. Nishio-san fut parfaite : elle s'agenouilla devant l'enfant-dieu que j'étais et me félicita pour mon exploit. Elle avait raison : avoir trois ans, ce n'était pas à la portée de n'importe qui.

Puis elle se prosterna devant moi. Je ressentis un contentement intense.

Je lui demandai si les villageois allaient

venir m'acclamer chez moi ou si c'était moi qui devais aller marcher dans la rue pour recevoir leurs applaudissements. Nishio-san eut un instant de perplexité avant de trouver cette réponse :

— C'est l'été. Les gens sont partis en vacances. Sinon, ils auraient organisé un festival pour toi.

Je me dis que c'était mieux comme ça. Ces festivités m'auraient sans doute lassée. Rien de tel que l'intimité pour célébrer mon triomphe. Du moment que je recevais mon éléphant en peluche, la journée connaîtrait le sommet de son faste.

Les parents m'annoncèrent que j'aurais mon cadeau lors du goûter. Hugo et André me dirent qu'exceptionnellement ils s'abstiendraient de m'embêter pendant un jour. Kashima-san ne me dit rien.

Je passai les heures qui suivirent dans une impatience hallucinée. Cet éléphant serait le présent le plus fabuleux que l'on m'aurait offert de ma vie. Je m'interrogeais sur la longueur de sa trompe et le poids qu'il aurait dans mes bras.

J'appellerais cet éléphant Eléphant : ce serait un joli nom pour un éléphant.

A quatre heures de l'après-midi, on m'appela. J'arrivai à la table du goûter avec des battements de cœur de huit degrés sur l'échelle de Richter. Je ne vis aucun paquet. Il devait être caché.

Formalités. Gâteau. Trois bougies allumées que je soufflai pour expédier ça. Chansons.

— Où est mon cadeau ? finis-je par demander.

Les parents eurent un sourire futé.

— C'est une surprise.

Inquiétude :

— Ce n'est pas ce que j'ai demandé ?

— C'est mieux !

Mieux qu'un pachyderme en peluche, ça n'existait pas. Je présageai le pire.

— C'est quoi ?

On me conduisit au petit étang de pierre du jardin.

— Regarde dans l'eau.

Trois carpes vivantes s'y ébattaient.

— Nous avons remarqué que tu avais une passion pour les poissons et en particulier pour les carpes. Alors nous t'en offrons trois : une par année. C'est une bonne idée, n'est-ce pas ?

— Oui, répondis-je avec une politesse consternée.

— La première est orange, la deuxième est verte, la troisième est argentée. Tu ne trouves pas que c'est ravissant ?

— Si, dis-je en pensant que c'était immonde.

— C'est toi qui t'occuperas d'elles. On t'a préparé un stock de galettes de riz soufflé : tu les découpes en petits morceaux et tu les leur jettes, comme ça. Tu es contente ?

— Très.

Enfer et damnation. J'aurais préféré ne rien recevoir.

Ce n'était pas tant par courtoisie que j'avais menti. C'était parce qu'aucun langage connu n'aurait pu approcher la teneur de mon dépit, parce qu'aucune expression n'aurait pu arriver à la cheville de ma déception.

Dans la liste infinie des questions humaines sans réponse, il faut insérer celle-ci : que se passe-t-il dans la tête des parents bien intentionnés quand, non contents de se faire sur leurs enfants des idées ahurissantes, ils prennent à leur place des initiatives ?

Il est d'usage de demander aux gens ce qu'ils voulaient devenir quand ils étaient petits. Dans mon cas, il est plus intéressant de poser cette question à mes parents : leurs réponses successives donnent l'image exacte de ce que je n'ai jamais voulu devenir.

Lorsque j'avais trois ans, ils proclamaient « ma » passion pour l'élevage des carpes.

Quand j'eus sept ans, ils annoncèrent « ma » décision solennelle d'entrer dans la carrière diplomatique. Mes douze ans virent croître leur conviction d'avoir pour rejeton un leader politique. Et lorsque j'eus dix-sept ans, ils déclarèrent que je serais l'avocate de la famille.

Il m'arrivait de leur demander d'où leur venaient ces idées étranges. A quoi ils me répondaient, toujours avec le même aplomb, que « ça se voyait » et que « c'était l'avis de tout le monde ». Et quand je voulais savoir qui était « tout le monde », ils disaient :

— Mais tout le monde, enfin !

Il ne fallait pas contrarier leur bonne foi.

Revenons à mes trois ans. Puisque mon père et ma mère avaient pour moi des ambitions dans la pisciculture, je m'appliquai, par bienveillance filiale, à mimer les signes extérieurs de l'ichtyophilie.

Avec mes crayons de couleur, dans mes carnets à dessins, je me mis à créer des poissons par milliers, avec nageoires grandes, petites, multiples, absentes, écailles vertes, rouges, bleues à pois jaunes, orange à rayures mauves.

— Nous avons eu raison de lui offrir les carpes ! disaient les parents ravis en regardant mes œuvres.

133

Cette histoire eût été comique s'il n'y avait eu mon devoir quotidien de nourrir cette faune aquatique.

J'allais dans la remise chercher quelques galettes de riz soufflé. Puis, debout au bord de l'étang de pierre, j'effritais cet aliment aggloméré et jetais à l'eau des morceaux au calibre du pop-corn.

C'était plutôt rigolo. Le problème, c'étaient ces sales bêtes de carpes qui venaient alors à la surface, gueules ouvertes, pour prendre leur casse-croûte.

La vision de ces trois bouches sans corps qui émergeaient de l'étang pour bouffer me stupéfiait de dégoût.

Mes parents, jamais à court d'une bonne idée, me dirent :

— Ton frère, ta sœur et toi, vous êtes trois, comme les carpes. Tu pourrais appeler l'orange André, la verte Juliette, et l'argentée porterait ton nom.

Je trouvai un prétexte gentil pour éviter ce désastre onomastique.

— Non. Hugo serait triste.

— C'est vrai. Nous pourrions acheter une quatrième carpe ?

Vite, inventer quelque chose, n'importe quoi.

— Non. Je leur ai déjà donné des noms.

— Ah. Et comment les as-tu appelées ?

« Qu'est-ce qui va par trois, déjà ? » me

demandai-je à la vitesse de l'éclair. Je répondis :

— Jésus, Marie et Joseph.

— Jésus, Marie et Joseph ? Tu ne penses pas que ce sont des drôles de noms, pour des poissons ?

— Non, affirmai-je.

— Et qui est qui ?

— L'orange est Joseph, la verte est Marie, l'argentée est Jésus.

Ma mère finit par rire à l'idée d'une carpe qui s'appelait Joseph. Mon baptême fut accepté.

Chaque jour, à midi, au moment où le soleil était au plus haut dans le ciel, je pris l'habitude de venir nourrir la trinité. Prêtresse piscicole, je bénissais la galette de riz, la rompais et la lançais à la flotte en disant :

— Ceci est mon corps livré pour vous.

Les sales gueules de Jésus, Marie et Joseph rappliquaient à l'instant. En un grand fracas d'eau fouettée à coups de nageoires, ils se jetaient sur leur pitance, ils se battaient pour avaler le plus possible de ces crottes de bouffe.

Etait-ce si bon que ça, pour justifier de telles disputes ? Je mordis dans cette espèce de frigolite : ça n'avait aucun goût. Autant manger de la pâte à papier.

Pourtant, il fallait voir comme ces andouilles de poissons s'affrontaient pour cette manne qui, gonflée de liquide, devait être carrément infecte. Ces carpes m'inspiraient un mépris sans bornes.

Je m'efforçais, en dispersant le riz aggloméré, de regarder le moins possible les bouches de ce peuple. Celles des humains qui bouffent sont déjà un spectacle pénible, mais ce n'était rien à côté de celles de Jésus, Marie et Joseph. Une bouche d'égout eût été ragoûtante en comparaison. Le diamètre de leur orifice était presque égal au diamètre de leur corps, ce qui eût évoqué la section d'un tuyau, s'il n'y avait eu leurs lèvres poissonneuses qui me regardaient de leur regard de lèvres, ces lèvres saumâtres qui s'ouvraient et se refermaient avec un bruit obscène, ces bouches en forme de bouées qui bouffaient ma bouffe avant de me bouffer moi !

Je m'accoutumai à faire cette tâche les yeux fermés. C'était une question de survie. Mes mains d'aveugle émiettaient la galette et jetaient devant elles, au hasard. Une salve de « plouf plouf gloup gloup » me signalait que la trinité, semblable à une population affamée, avait suivi à la trace mes expériences de balistique alimentaire. Même ces bruits étaient ignobles, mais il m'eût été impossible de boucher mes oreilles.

Ce fut mon premier dégoût. C'est étrange. Je me souviens, avant l'âge de trois ans, d'avoir contemplé des grenouilles écrasées, d'avoir modelé de la poterie artisanale avec mes déjections, d'avoir détaillé le contenu du mouchoir de ma sœur enrhumée, d'avoir posé mon doigt sur un morceau de foie de veau cru — tout cela sans l'ombre d'une répulsion, animée par une noble curiosité scientifique.

Alors pourquoi la bouche des carpes provoqua-t-elle en moi ce vertige horrifié, cette consternation des sens, ces sueurs froides, cette obsession morbide, ces spasmes du corps et de l'esprit ? Mystère.

Il m'arrive de penser que notre unique spécificité individuelle réside en ceci : dis-moi ce qui te dégoûte et je te dirai qui tu es. Nos personnalités sont nulles, nos inclinations plus banales les unes que les autres. Seules nos répulsions parlent vraiment de nous.

Dix ans plus tard, en apprenant le latin, je tombai sur cette phrase : *Carpe diem.*

Avant que mon cerveau ait pu l'analyser, un vieil instinct en moi avait déjà traduit : « Une carpe par jour. » Adage dégueulasse s'il en fut, qui résumait mon calvaire d'antan.

« Cueille le jour » était évidemment la bonne traduction. Cueille le jour ? Tu parles. Comment veux-tu jouir des fruits du quotidien quand, avant midi, tu ne penses qu'au supplice qui t'attend et quand, après midi, tu ressasses ce que tu as vu ?

J'essayais de ne plus y penser. Hélas, il n'y a pas d'apprentissage plus difficile. Si nous étions capables de ne plus penser à nos problèmes, nous serions une race heureuse.

Autant dire à Blandine, dans la fosse de son supplice : « Allons, ne pense pas aux lions, voyons ! »

Comparaison fondée : j'avais de plus en plus l'impression que c'était ma propre chair qui nourrissait les carpes. Je maigrissais. Après le déjeuner des poissons, on m'appelait à table ; je ne pouvais rien avaler.

La nuit, dans mon lit, je peuplais l'obscurité de bouches béantes. Sous mon oreiller, je pleurais d'horreur. L'autosuggestion était si forte que les gros corps écailleux et flexibles me rejoignaient entre les draps, m'étreignaient — et leur gueule lippue et froide me roulait des pelles. J'étais l'impubère amante de fantasmes pisciformes.

Jonas et la baleine ? Quel blagueur ! Il était bien à l'abri dans le ventre cétacé. Si, au moins, j'avais pu servir de farce à la panse de la carpe, j'aurais été sauvée. Ce n'était pas son estomac qui me dégoûtait, mais sa bouche, le mouvement de valvule de ses mandibules qui me violaient les lèvres pendant des éternités nocturnes. A force de fréquenter des créatures dignes de Jérôme Bosch, mes insomnies naguère féeriques virèrent au martyre.

Angoisse annexe : à trop subir les baisers poissonneux, n'allais-je pas changer d'espèce ? N'allais-je pas devenir silure ? Mes mains longeaient mon corps, guettant d'hallucinantes métamorphoses.

Avoir trois ans n'apportait décidément rien de bon. Les Nippons avaient raison de situer à cet âge la fin de l'état divin. Quelque chose — déjà ! — s'était perdu, plus précieux que tout et qui ne se récupérerait pas : une forme de confiance en la pérennité bienveillante du monde.

J'avais entendu mes parents dire que, bientôt, j'irais à l'école maternelle japonaise : propos qui n'augurait que désastres. Quoi ! Quitter le jardin ? Me joindre à un troupeau d'enfants ? Quelle idée !

Il y avait plus grave. Au sein même du jardin, il y avait une inquiétude. La nature avait atteint une sorte de saturation. Les arbres étaient trop verts, trop feuillus, l'herbe était trop riche, les fleurs explosaient comme si elles avaient trop mangé. Depuis la deuxième moitié du mois d'août, les plantes avaient la moue gavée des lendemains d'orgie. La force vitale que j'avais

141

sentie contenue en toute chose était en train de se transformer en lourdeur.

Sans le savoir, je voyais se révéler à moi l'une des lois les plus effrayantes de l'univers : ce qui n'avance pas recule. Il y a la croissance et puis il y a la décrépitude ; entre les deux, il n'y a rien. L'apogée, ça n'existe pas. C'est une illusion. Ainsi, il n'y avait pas d'été. Il y avait un long printemps, une montée spectaculaire des sèves et des désirs : mais dès que cette poussée était finie, c'était déjà la chute.

Dès le 15 août, la mort l'emporte. Certes, aucune feuille ne donne le moindre signe de roussissement ; certes, les arbres sont si chevelus que leur calvitie prochaine est inimaginable. Les verdures sont plus plantureuses que jamais, les parterres prospèrent, cela sent l'âge d'or. Et pourtant, ce n'est pas l'âge d'or, pour cette raison que l'âge d'or est impossible, pour cette raison que la stabilité n'existe pas.

A trois ans, je ne savais rien de cela. J'étais à des années-lumière du roi qui se meurt en s'écriant : « Ce qui doit finir est déjà fini. » J'aurais été incapable de formuler les termes de mon angoisse. Mais je sentais, oui, je sentais qu'une agonie se préparait. La nature en faisait trop : cela cachait quelque chose.

Si j'en avais parlé avec autrui, on m'aurait

142

expliqué le cycle des saisons. A trois ans, on ne se souvient pas de l'année dernière, on n'a pas eu à constater l'éternel retour de l'identique, et une saison nouvelle est un désastre irréversible.

A deux ans, on ne remarque pas ces changements et on s'en fiche. A quatre ans, on les remarque, mais le souvenir de l'année précédente les banalise et les dédramatise. A trois ans, l'anxiété est absolue : on remarque tout et on ne comprend rien. Il n'y a aucune jurisprudence mentale à consulter pour s'apaiser. A trois ans, on n'a pas non plus le réflexe de demander à autrui une explication : on n'est pas forcément conscient que les grands ont plus d'expérience — et on n'a peut-être pas tort.

A trois ans, on est un Martien. Il est passionnant mais terrifiant d'être un Martien qui débarque. On observe des phénomènes inédits, opaques. On ne possède aucune clé. Il faut inventer des lois à partir de ses seules observations. Il faut être aristotélicien vingt-quatre heures sur vingt-quatre, ce qui est particulièrement exténuant quand on n'a jamais entendu parler des Grecs.

Une hirondelle ne fait pas le printemps. A trois ans, on aimerait savoir à partir de quel nombre d'hirondelles on peut croire en quelque chose. Une fleur qui meurt ne fait pas l'automne. Deux cadavres de fleurs non plus, sans doute. Il n'empêche que l'inquiétude s'installe. A partir de combien d'agonies florales faudra-t-il, dans sa tête, tirer le signal d'alarme de la mort en marche ?

Champollion d'un chaos grandissant, je me réfugiais dans le tête-à-tête avec ma toupie. Je sentais qu'elle avait des informations cruciales à me livrer. Hélas, je n'entendais pas son langage.

Fin août. Midi. C'est l'heure du supplice. Va nourrir les carpes.

Courage. Tu l'as fait tant de fois, déjà. Tu as survécu. Ce n'est qu'un très mauvais moment à passer.

Je prends les galettes de riz dans la remise. Je vais à l'étang de pierre. Le soleil perpendiculaire fait scintiller l'eau comme de l'aluminium. Cette surface lisse et brillante ne tarde pas à être gâchée par trois bonds successifs : Jésus, Marie et Joseph m'ont vue et sautent, ce qui est leur manière d'appeler les autres à table.

Quand ils ont fini de se prendre pour des poissons volants, ce qui, vu leur grosseur, est parfaitement obscène, ils installent leurs bouches ouvertes au ras de la flotte et attendent.

Je jette des fragments de bouffe. Le bouquet de gueules se lance dessus. Les tuyaux

144

ouverts avalent. Lorsqu'ils ont dégluti, ils réclament de plus belle. Leur gorge est si béante qu'en se penchant un peu on y verrait jusqu'à leur estomac. En continuant à distribuer la pitance, je suis de plus en plus obnubilée par ce que la trinité me montre : normalement, les créatures cachent l'intérieur de leur corps. Que se passerait-il si les gens exhibaient leurs entrailles ?

Les carpes ont enfreint ce tabou primordial : elles m'imposent la vision de leur tube digestif à l'air.

Tu trouves ça répugnant ? A l'intérieur de ton ventre, c'est la même chose. Si ce spectacle t'obsède tellement, c'est peut-être parce que tu t'y reconnais. Crois-tu que ton espèce soit différente ? Les tiens mangent moins salement, mais ils mangent, et dans ta mère, dans ta sœur, c'est comme ça aussi.

Et toi, que crois-tu être d'autre ? Tu es un tube sorti d'un tube. Ces derniers temps, tu as eu l'impression glorieuse d'évoluer, de devenir de la matière pensante. Foutaise. La bouche des carpes te rendrait-elle si malade si tu n'y voyais ton miroir ignoble ? Souviens-toi que tu es tube et que tube tu redeviendras.

Je fais taire cette voix qui me dit ces horreurs. Depuis deux semaines, j'affronte chaque midi le bassin des poissons et je constate que, loin de m'habituer à cette abomination, j'y suis de plus en plus sensible. Et si ce dégoût, que j'avais pris pour une minauderie débile, un caprice, était un message sacré ? En ce cas, il faut que je l'affronte pour le comprendre. Il faut que je laisse parler la voix.

Regarde donc. Regarde de tous tes yeux. La vie, c'est ce que tu vois : de la membrane, de la tripe, un trou sans fond qui exige d'être rempli. La vie est ce tuyau qui avale et qui reste vide.

Mes pieds sont au bord de l'étang. Je les observe avec suspicion, je ne suis plus sûre d'eux. Mes yeux remontent et regardent le jardin. Il n'est plus cet écrin qui me protégeait, cet enclos de perfection. Il contient la mort.

Entre la vie — des bouches de carpes qui déglutissent — et la mort — des végétaux en lente putréfaction —, qu'est-ce que tu choisis ? Qu'est-ce qui te donne le moins envie de vomir ?

Je ne réfléchis plus. Je tremble. Mes yeux rechutent vers les gueules des animaux. J'ai froid. J'ai un haut-le-cœur. Mes jambes ne me portent plus. Je ne lutte plus. Hypnotisée, je me laisse tomber dans le bassin.

Ma tête heurte le fond de pierre. La douleur du choc disparaît presque aussitôt. Mon corps, devenu indépendant de mes volontés, se retourne, et je me retrouve à l'horizontale, à mi-profondeur, comme si je faisais la planche un mètre sous l'eau. Et là, je ne bouge plus. Le calme se rétablit autour de moi. Mon angoisse a fondu. Je me sens très bien.

C'est drôle. La dernière fois que je me suis noyée, il y avait en moi une révolte, une rage, le besoin puissant de me tirer de là. Cette fois-ci, pas du tout. Il est vrai que je l'ai choisi. Je ne sens même pas que l'air me manque.

Délicieusement sereine, j'observe le ciel à travers la surface de l'étang. La lumière du soleil n'est jamais aussi belle que vue par-dessous l'eau. Je l'avais déjà pensé lors de la première noyade.

Je me sens bien. Je ne me suis jamais sentie aussi bien. Le monde vu d'ici me convient à merveille. Le liquide m'a à ce point digérée que je ne provoque plus aucun remous. Ecœurées par mon intrusion, les carpes se sont tapies dans un coin et ne bougent plus. Le fluide s'est figé en un calme d'eau morte qui me permet de contempler les arbres du jardin comme au travers d'un monocle géant. Je choisis de ne plus regarder que les bambous : rien, dans notre univers, ne mérite autant d'être admiré que les bambous. Le mètre d'épaisseur aquatique qui me sépare d'eux exalte leur beauté.

Je souris de bonheur.

Soudain, quelque chose s'interpose entre les bambous et moi : une frêle silhouette humaine apparaît qui se penche vers moi. Je pense avec ennui que cette personne va vouloir me repêcher. On ne peut même plus se suicider tranquille.

Mais non. Le prisme de l'eau me révèle peu à peu les traits de l'humain qui m'a repérée : c'est Kashima-san. Je cesse aussitôt d'avoir peur. Elle est une vraie Japonaise du passé et, en plus, elle me déteste : deux bonnes raisons pour qu'elle ne me sauve pas.

De fait. Le visage élégant de Kashima-san demeure impassible. Sans bouger, elle me regarde dans les yeux. Voit-elle que je suis contente ? Je ne sais pas. Allez savoir ce qui se passe dans la tête d'une Nippone du temps jadis.

Une seule chose est sûre : cette femme me laissera la mort sauve.

A mi-chemin entre l'au-delà et le jardin, je parle, sans bruit, dans mon crâne :

« Je savais qu'on finirait par s'entendre, Kashima-san. Tout va bien, maintenant. Quand je me noyais dans la mer et que je voyais les gens qui, sur la plage, me regardaient sans essayer de me sauver, ça me rendait malade. A présent, grâce à toi, je les comprends. Ils étaient aussi calmes que toi.

Ils ne voulaient pas perturber l'ordre de l'univers, lequel exigeait ma mort par l'eau. Ils savaient que cela ne servait à rien de me sauver. Celui qui doit être noyé sera noyé. La preuve, c'est que ma mère m'a tirée de l'eau et que je m'y retrouve quand même. »

Est-ce une illusion ? Il me semble que Kashima-san sourit.

« Tu as raison de sourire. Quand le destin de quelqu'un s'accomplit, il faut sourire. Je suis heureuse de savoir que je n'irai plus jamais nourrir les carpes et que je ne quitterai jamais le Japon. »

Cette fois, je le vois distinctement : Kashima-san sourit — elle me sourit enfin ! — et puis elle s'en va sans se presser. Je suis désormais en tête à tête avec la mort. Je sais avec certitude que Kashima-san ne préviendra personne. J'ai raison.

Crever prend du temps. Cela fait une éternité que je suis entre deux eaux. Je repense à Kashima-san. Il n'y a pas plus fascinant que l'expression d'un être humain qui vous regarde mourir sans tenter de vous sauver. Il lui eût suffi de plonger la main dans le bassin pour ramener à la vie une enfant de trois ans. Mais si elle l'avait fait, elle n'eût pas été Kashima-san.

Ce qui me soulage le plus, dans ce qui m'arrive, c'est que je n'aurai plus peur de la mort.

En 1945, à Okinawa, île du sud du Japon, il s'est passé — quoi ? Je ne trouve pas de mot pour qualifier cela.

C'était juste après la capitulation. Les habitants d'Okinawa savaient que la guerre était perdue et que les Américains, déjà débarqués sur leur île, allaient marcher sur leur territoire entier. Ils savaient aussi que la nouvelle consigne était de ne plus se battre.

Là s'arrêtait leur information. Leurs chefs leur avaient dit, naguère, que les Américains les tueraient jusqu'au dernier ; les insulaires en étaient restés à cette conviction. Et quand les soldats blancs avaient commencé à avancer, la population avait commencé à reculer. Et ils avaient reculé au fur et à mesure que l'ennemi victorieux gagnait du terrain. Et ils étaient arrivés à l'extrémité de l'île, qui se terminait en une longue falaise abrupte surplombant la mer. Et comme ils étaient persuadés qu'on allait les tuer, l'immense majorité d'entre eux s'étaient jetés dans la mort du haut du promontoire.

La falaise était très élevée et, en dessous d'elle, le rivage était hérissé de récifs tranchants. Aucun de ceux qui s'y sont précipités n'a survécu. Quand les Américains sont arrivés, ils ont été horrifiés de ce qu'ils ont découvert.

En 1989, je suis allée voir cette falaise. Rien, pas même une pancarte, n'indique ce qui s'y est passé. Des milliers de gens s'y sont suicidés en quelques heures sans que le lieu en paraisse affecté. La mer a avalé les corps qui s'étaient éclatés sur les rochers. L'eau reste une mort plus courante au Japon que le *seppuku*.

Il est impossible d'être à cet endroit sans essayer de se mettre dans la peau de ceux qui s'y sont donné là cette mort collective. Il est probable que, parmi eux, beaucoup se sont suicidés par crainte d'être torturés. Il est vraisemblable aussi que la splendeur de ce lieu a encouragé beaucoup d'entre eux à commettre cet acte qui symbolisait la superbe patriotique.

Il n'en reste pas moins que l'équation première de cette hécatombe est celle-ci : du haut de cette magnifique falaise, des milliers de gens se sont tués parce qu'ils ne voulaient pas être tués, des milliers de gens se sont jetés dans la mort parce qu'ils avaient peur de la mort. Il y a là une logique du paradoxe qui me sidère.

Il ne s'agit pas d'approuver ou de désapprouver un tel geste. Cela leur ferait une belle jambe, d'ailleurs, aux cadavres d'Okinawa. Mais je persiste à penser que la meilleure raison, pour se suicider, c'est la peur de la mort.

A trois ans, je ne sais rien de tout cela. J'attends de crever dans le bassin aux carpes. Je dois approcher du grand moment car je commence à voir défiler ma vie. Est-ce parce que cette dernière fut courte ? Je ne parviens pas à voir les détails de mon existence. C'est comme quand on est dans un train si rapide qu'on ne parvient pas à lire le nom des gares supposées sans importance. Cela m'est égal. Je m'enfonce dans une merveilleuse absence d'angoisse.

La troisième personne du singulier reprend peu à peu possession du « je » qui m'a servi pendant six mois. La chose de moins en moins vivante se sent redevenir le tube qu'elle n'a peut-être jamais cessé d'être.

Bientôt, le corps ne sera plus que tuyau. Il se laissera envahir par l'élément adoré qui donne la mort. Enfin désencombrée de ses fonctions inutiles, la canalisation livrera passage à l'eau — à plus rien d'autre.

Soudain, une main saisit le paquet mourant par la peau du cou, le secoue et le rend

brutalement, douloureusement, à la première personne du singulier.

L'air entre dans mes poumons qui
s'étaient pris pour des branchies. Ça fait
mal. Je hurle. Je suis en vie. Les yeux me
sont rendus. Je vois que c'est Nishio-san qui
m'a tirée de l'eau.

Elle crie, elle appelle à l'aide. Elle est en
vie, elle aussi. Elle court dans la maison en
me portant dans ses bras. Elle trouve ma
mère qui, en me voyant, s'écrie :

— On file à l'hôpital de Kobé !

Nishio-san l'accompagne en courant
jusqu'à la voiture. Elle lui baragouine, en un
mélange de japonais, de français, d'anglais
et de gémissements, dans quel état elle m'a
repêchée.

Maman me jette sur le siège arrière et
démarre. Elle roule à tombeau ouvert, ce
qui est absurde quand on cherche à sauver
la vie de quelqu'un. Elle doit penser que je
suis inconsciente, car elle m'explique ce qui
m'est arrivé :

— Tu nourrissais les poissons, tu as
glissé, tu es tombée dans le bassin. En
temps normal, tu aurais nagé sans aucun
problème. Mais dans ta chute, ton front a
cogné contre le fond en pierre et tu as perdu
connaissance.

Je l'écoute avec perplexité. Je sais très
bien que ce n'est pas ce qui m'est arrivé.

Elle insiste en me demandant :

— Tu comprends ?

— Oui.

Je comprends qu'il ne faut pas lui dire la vérité. Je comprends qu'il vaut mieux s'en tenir à cette version officielle. D'ailleurs, je ne vois même pas avec quels mots je pourrais lui raconter ça. Je ne connais pas le terme suicide.

Il y a cependant une chose que je tiens à déclarer :

— Je ne veux plus jamais nourrir les carpes !

— Bien sûr. Je comprends. Tu as peur de tomber dans l'eau à nouveau. Je te promets que tu ne les nourriras plus.

C'est toujours ça de gagné. Mon geste n'aura pas été vain.

— Je te prendrai dans mes bras et nous irons ensemble leur donner à manger.

Je ferme les yeux. Tout est à recommencer.

A l'hôpital, ma mère m'amène aux urgences. Elle me dit :

— Tu as un trou dans la tête.

Ça, c'est une nouvelle. Je suis ravie et veux en savoir plus :

— Où ça ?

— Au front, là où tu t'es cognée.

— Un grand trou ?

— Oui ; tu perds beaucoup de sang.

Elle met ses doigts sur ma tempe et me les montre couverts de sang. Fascinée, je trempe mon index dans la plaie béante, sans savoir que je souligne ma propre folie.

— Je sens une fente.

— Oui. Ta peau est ouverte.

Je regarde mon sang avec délectation.

— Je veux me regarder dans un miroir ! Je veux voir le trou dans ma tête !

— Calme-toi.

Les infirmières s'occupent de moi et rassurent ma mère. Je n'écoute pas ce qu'elles se racontent. Je pense au trou dans mon front. Puisque je n'ai pas le droit de le voir, je l'imagine. J'imagine mon crâne troué sur le côté. Je frissonne d'extase.

J'y mets le doigt à nouveau : je veux entrer par le trou dans ma tête et explorer l'intérieur. Une infirmière me prend doucement la main pour m'en empêcher. On ne possède même pas son propre corps.

— On va te recoudre le front, dit ma mère.

— Avec du fil et une aiguille ?

— C'est à peu près ça.

Je n'ai pas le souvenir que l'on m'ait endormie. Je crois voir encore le médecin au-dessus de moi, avec un gros fil noir et une aiguille, en train de recoudre la boutonnière de ma tempe, comme un couturier retouchant un modèle à même la cliente.

Ainsi s'acheva ce qui fut ma première — et, à ce jour, ma seule — tentative de suicide.

Je n'ai jamais dit à mes parents que ce n'était pas un accident.

Je n'ai jamais raconté non plus l'étrange absence de réaction de Kashima-san. Nul doute que cela lui eût valu des ennuis. Elle me haïssait et avait dû se réjouir de ma mort prochaine. Je n'exclus cependant pas la possibilité qu'elle ait soupçonné la vraie nature de mon geste et qu'elle ait respecté mon choix.

Eprouvais-je du dépit d'avoir eu la vie sauve ? Oui. Etais-je pourtant soulagée d'avoir été repêchée à temps ? Oui. J'optai donc pour l'indifférence. Cela m'était égal, au fond, d'être morte ou vive. Ce n'était que partie remise.

Encore aujourd'hui, je suis incapable de trancher : eût-il mieux valu que le chemin s'arrêtât fin août 1970, dans le bassin aux carpes ? Comment le savoir ? L'existence ne m'a jamais ennuyée, mais qui me dit que cela n'eût pas été plus intéressant de l'autre côté ?

Ce n'est pas très grave. De toute façon, le

salut n'est qu'un faux-fuyant. Un jour, il n'y aura plus moyen d'atermoyer — et même les personnes les mieux intentionnées du monde n'y pourront rien.

Ce dont je me souviens avec certitude, c'est que je me sentais bien, quand j'étais entre deux eaux.

Parfois, je me demande si je n'ai pas rêvé, si cette aventure fondatrice n'est pas un fantasme. Je vais alors me regarder dans le miroir et je vois, sur ma tempe gauche, une cicatrice d'une éloquence admirable.

Ensuite, il ne s'est plus rien passé.

Du même auteur
aux Éditions Albin Michel :

Composition réalisée par JOUVE

Imprimé en France sur Presse Offset par

BRODARD & TAUPIN

GROUPE CPI

La Flèche (Sarthe).
N° d'imprimeur : 12571 – Dépôt légal Édit. 20899-05/2002
LIBRAIRIE GÉNÉRALE FRANÇAISE - 43, quai de Grenelle - 75015 Paris.

ISBN : 2 - 253 - 15284- 6   ◈ 31/5284/0